QUE BRUXARIA É ESSA?

UM MISTÉRIO DAS BRUXAS DE WESTWICK

COLLEEN CROSS

Traduzido por
CHRISTIANE JOST

SLICE PUBLISHING MYSTERY THRILLER BOOKS

OUTRAS OBRAS DE COLLEEN CROSS

<u>Boletim informativo de novos lançamentos</u>
  http://eepurl.com/c0jHW1

<u>*Série de Aventuras de Suspense e Mistério com a Investigadora Katerina*</u>
<u>*Carter*</u>
  Teoria dos Jogos
  Fórmula Mortal
  Greenwashing : A Farsa Verde
  A Farsa Vermelha - uma curta história

<u>*Série Mistérios das Bruxas de Westwick*</u>
  Que Bruxaria é Essa?
  Bruxas aos Farrapos
  Bruxas e Famosas
  Bruxarias de Natal

Não ficção
  Anatomy of a Ponzi Scheme

QUE BRUXARIA É ESSA?

UM MISTÉRIO PARANORMAL DAS BRUXAS DE WESTWICK

TENHA CUIDADO COM O QUE DESEJA...

"Uma história sobrenatural enfeitiçadora. Se você gosta de mistérios divertidos, adorará Cendrine West e sua família maluca!"

Cendrine West tem um segredo: ela não quer ser uma bruxa. E não é uma bruxa muito boa, coisa que sua tia Pearl não a deixa esquecer. Mas ela não pode fugir das próprias raízes, especialmente não na pequena Westwick Corners, onde a família West de bruxas criou problemas durante gerações.

Surge um problema quando um cadáver aparece logo antes do casamento de Cendrine. Ao investigar, ela descobre uma conexão sobrenatural. E um segredo sobre o noivo que ela preferia não saber. Cendrine é forçada a testar os próprios poderes de bruxa. Serão eles bons o suficiente para salvar a família e a cidade?

A cena do crime aponta para tia Pearl, que jurou impedir o turismo, que a cidade necessita desesperadamente, a todo custo. Ela também quer que Tyler Gates, o novo delegado *sexy*, saia da cidade, como todos os anteriores. E, como se isso não bastasse, o fantasma de vovó Vi quer participar da ação. Cendrine jura ajudar a tia, que não ajuda a si mesma.

Faíscas voam entre Cendrine e Tyler à medida que o caso aumenta contra tia Pearl. Cendrine conseguirá colocar a investigação — e o próprio coração — no caminho certo?

Se você gosta de mistérios divertidos, com uma boa dose de humor e sobrenatural, adorará este livro paranormal!

CAPÍTULO 1

Eu tinha acabado de pegar o celular da bolsa quando tia Pearl entrou voando no meu escritório. Literalmente entrou voando, algo certamente proibido durante o dia. O fato de sermos bruxas não era um segredo muito bem guardado na minúscula Westwick Corners, mas era melhor não nos expormos.

Ela pairou perto da porta e franziu a testa. — Cendrine!

Tia Pearl só usava meu nome inteiro quando estava brava. Talvez eu também estivesse brava. Chegara ao escritório às seis horas da manhã para adiantar o trabalho. Era quase meio-dia e eu estava cansada, com fome e suada, pois o ar-condicionado decidira parar de funcionar logo no início da manhã. O termostato do escritório mostrava 32 °C, mas eu não tinha dinheiro para o conserto.

Agora, o que restava do meu dia seria destruído. Bem, não se eu conseguisse evitar.

Eu a ignorei enquanto o celular tocava. Olhei para a tela. Era mamãe novamente. Ela já me telefonara uma dezena de vezes naquela manhã com perguntas sobre o ensaio do meu casamento e a inauguração do hotel da família, o Westwick Corners Inn, que estavam marcados para mais tarde. Eu provavelmente deveria ter ficado em casa.

— Cendrine, o novo delegado é um idiota. Quero que converse com ele. — Ela ficou flutuando perto da porta, aguardando minha reação.

— Não. — Eu me virei e atendi o celular.

Mamãe estava frenética. — Cen, não consigo encontrar Pearl. Estou preocupada, ela pode ter resolvido fazer alguma coisa maluca novamente.

Pressionei o botão do alto-falante e ergui as sobrancelhas para tia Pearl. — Ela está aqui comigo.

Tia Pearl se aproximou da mesa e gritou perto do telefone. — Não preciso de uma babá, Ruby. Sou perfeitamente capaz de me entreter.

— É isso que me preocupa — disse mamãe. — Você não pode espantar todo mundo da cidade, especialmente a polícia. Isso não é certo.

— Por que você não coloca um rastreador em mim? Minha nossa. — Minha tia se jogou na cadeira em frente à minha mesa. — Não sou mais criança.

— Mas age como uma às vezes. — Pelo jeito, eu não era a única a imaginar o tipo de boas-vindas que tia Pearl dera ao delegado. Era melhor não expor o fato de sermos especiais. Os Wests eram uma das famílias fundadoras quando meus bisavós tinham se estabelecido em Westwick Corners mais de cem anos antes. Mas até mesmo nós podíamos exagerar. Havia um limite no que as pessoas conseguiam aceitar.

Tia Pearl ignorou minha resposta. Talvez fosse parte da história da família dar a ela tal sensação de liberdade. Isso era péssimo, pois a desobediência aberta às regras agora ameaçavam nossa permanência na cidade. Ela não parecia se importar nem um pouco.

Ela pegou meu telefone e gritou: — Ele é um problema, Ruby. Cen o exporá.

Peguei meu telefone de volta. — Não vou fazer nada disso. O que você quer e o que vende jornais são duas coisas muito diferentes, tia Pearl. Não posso ajudá-la. Tenho um prazo para publicar o *The Westwick Corners Weekly.* — Como a maioria dos moradores, eu tinha arrumado um emprego e comprado o jornal do antigo dono que se aposentara. A maior parte das indústrias da cidade falira quando a rodovia estadual fora redirecionada alguns anos antes. A maioria dos jovens da minha idade partira logo depois em busca de oportunidades melhores. Os poucos que sobraram mal conseguiam sobreviver.

A voz de mamãe subiu de tom. — Ora, Cen, Pearl só está tentando ajudar. Você leva o seu trabalho muito a sério.

A mudança de tom de mamãe não me surpreendeu. Ela simplesmente ficara do lado da irmã mais velha como uma forma de minimizar os danos e ajudá-la a manter a sanidade. A estratégia condescendente de mamãe significava que tia Pearl normalmente conseguia o que queria. E mamãe evitava conflitos. Como estratégia de longo prazo, eu achava que isso criava mais problemas do que os resolvia.

— Preciso ir. Vejo você daqui a algumas horas. — Mamãe acabara de concordar com o mau comportamento de tia Pearl em um esforço inútil de manter a paz. Ela não percebia como tia Pearl a manipulava para conseguir o que queria. Eu, por outro lado, normalmente não cedia. O resultado final era que eu e a minha tia estávamos sempre brigando.

Tia Pearl afundou na cadeira e resmungou. — Isto não é um jornal, é só um monte de propagandas para pessoas que colecionam cupons de desconto. Por que você perde seu tempo? Ninguém lê os seus artigos. Caia na real, Cen. Esse jornal é um fracasso.

— Pelo menos, ganho dinheiro honestamente. — Sempre que eu me sentia para baixo, tia Pearl fazia com que me sentisse ainda pior. Mas a avaliação dela era tristemente precisa. Eu comprara um emprego de meio expediente, que pagava pouco, e nem era boa no que fazia. Havia poucas opções de emprego na cidade e a maioria de nós precisava ser criativa. — Para variar, tente dizer algo simpático.

Ela me estudou por um momento, mas ficou em silêncio. Raramente ela ficava sem ter o que dizer. Era melhor ouvir o discurso dela se quisesse sair do escritório a tempo.

Ela se inclinou para a frente. — Vou lhe dar uma dica para que tenha uma história decente, para variar. Nosso novo delegado é corrupto e quero que você exponha os crimes dele.

— Que crimes? — Olhei para o relógio. Faltava pouco para o meio-dia. — O delegado Gates está no cargo há o quê? Algumas horas? Nem teve tempo de dizer nada.

— Ele tem um passado, Cen. Um passado sórdido.

— Todos eles têm. — Tyler Gates era o quinto delegado em seis meses. Atraíamos apenas pessoas indesejáveis que não conseguiam emprego em outros locais. Eu estava disposta a fazer vista grossa porque qualquer policiamento era melhor do que nada. Aceitávamos o que era possível ter.

— Eu sei por que ele saiu do último emprego. — Pearl deu uma piscadela. — É algo escandaloso.

— É mesmo? — A única coisa boa sobre a troca frequente de delegado era que isso mantinha os talentos sobrenaturais da minha família mais ou menos em segredo. O ruim era que as coisas não precisavam ser assim. O principal motivo para que partissem depressa era a onda criminosa de uma mulher, aquela que me encarava.

— Sim, é mesmo. Mais uma coisa: aquela placa da rodovia atrai o tipo errado de pessoas. — Tia Pearl estreitou os olhos ao se levantar em uma tentativa de parecer maior. Ela colocou as mãos na cintura, quarenta e cinco quilos de intimidação e indignação.

— Ela atraiu turistas, tia Pearl. Exatamente o tipo de pessoas de que precisamos. — Tia Pearl detestava visitantes, mas, a não ser que ela parasse com as confusões, Westwick Corners estava destinada a se transformar em mais uma cidade fantasma do estado de Washington. A cidade não tinha indústrias, apenas fazendeiros idosos na área vizinha que não gastavam muito dinheiro.

O turismo era nossa única opção. Portanto, passáramos meses revitalizando e renovando Westwick Corners como um refúgio agradável para o fim de semana. Eu tinha a sensação de que nossos esforços estavam prestes a ir por água abaixo.

— O que é esse cheiro? — Farejei o ar, alarmada por o perfume de lavanda velho de tia Pearl ter mudado para um cheiro forte de gasolina. Na última vez em que ela cheirara como um posto de gasolina, atraíra a atenção da polícia do estado. Nem a cidade nem nossa família precisavam daquele tipo de atenção.

Tia Pearl sorriu, mas permaneceu em silêncio.

— A cidade inteira votou a favor das novas placas da rodovia, tia Pearl. Lamento, mas a maioria ganha. — Raramente recebíamos visitantes depois que o entroncamento da rodovia fora redirecionado para a cidade vizinha de Shady Creek alguns anos antes. Precisávamos desesperadamente mudar aquilo.

— Não me diga que você danificou a placa novamente.

Silêncio.

Os impostos tinham subido muito por causa dos incêndios e do vandalismo constantes, e as desculpas, depois de algum tempo, não valiam muito mais. A placa da rodovia não era a única coisa substituída regularmente e eu estava cansada da crescente fama ruim da minha família por causa das confusões de tia Pearl.

Eu tinha a impressão de que a placa da rodovia não era a única coisa que ela escondia. — Consigo sentir o cheiro de gasolina a quilômetros de distância. O que você fez?

Tia Pearl farejou. — Não sinto cheiro nenhum. Pare de mudar de assunto, Cendrine. Aquela placa prejudica meu negócio.

Eu não fazia ideia de por que minha tia estava brava comigo. Decidi tomar cuidado, pois piromania e poderes sobrenaturais não se davam muito bem. Habilidades mágicas eram uma bênção e uma maldição. Eu acreditava firmemente que devíamos usar a magia para um bem maior, não para criar confusão.

Tia Pearl achava o contrário.

— Que negócio? — Pisquei algumas vezes quando meus olhos se encheram de lágrimas por causa da fumaça.

— A Escola de Encantamento de Pearl.

— Hein? — Minha tia podia ser qualquer coisa, mas não era encantadora.

— Minha nova escola de magia.

— Que escola de magia? Você já tem um emprego no hotel. Deveria estar lá agora, ajudando mamãe — O novo emprego "diurno" de tia Pearl era oficialmente o de governanta do hotel. Era uma boa forma de mantê-la ocupada. Mesmo aos setenta anos de idade, ela ainda se metia em encrenca com frequência quando tinha muito tempo livre.

— Ruby está com tudo sob controle.

— Ela pareceu um pouco estressada no telefone. Acho que ela precisa da sua ajuda. Os hóspedes começarão a chegar a qualquer momento. — Os quartos estavam todos reservados e tínhamos alguns hóspedes muito importantes.

Tonya e Sebastien Plant, o casal bilionário que fundara a Travel Unraveled, o maior império do mundo de venda de passagens pela internet, eram nossos convidados VIP. Contra todas as probabilidades, tinham aceitado nosso convite para ficar no hotel, o que esperávamos que resultasse em boa publicidade. A estadia deles poderia incentivar ou quebrar nosso negócio. De certa forma, era matar ou morrer.

— A Escola de Encantamento de Pearl também terá a inauguração. — A tia Pearl fungou quando um cartão de visita se materializou em sua mão. Ela o entregou a mim. — Você deveria se inscrever. Você bem que precisa de uma atualização. Não é de surpreender que suas habilidades estejam tão enferrujadas. Você nunca pratica. As aulas começam amanhã às nove horas em ponto.

— É um péssimo momento, tia Pearl. — Virei o cartão na mão e uma bruxa dentro do holograma acenou para mim. Eu o larguei sobre a mesa virado para baixo.

— Não há momento melhor do que o presente, especialmente na minha idade. Farei o que me der vontade — disse ela. — Moro aqui há mais tempo que você. Além do mais, a Escola de Encantamento de Pearl é parte da nova identidade da cidade. Ela atrairá turistas sobrenaturais.

— Bruxaria não faz parte do plano oficial. — A cidade inteira passara milhares de horas, de forma coletiva, na nossa nova estratégia de turismo e tia Pearl estava prestes a sabotar tudo aquilo.

Todos os prédios da cidade, incluindo o hotel, tinham sido restaurados aos antigos dias de glória do início dos anos 1900. A única coisa que não fora ressuscitada fora o teatro burlesco, apesar de termos planos futuros para isso.

Poucas pessoas sabiam que Westwick Corners estava situada em um dos grandes vórtices, ou centros de energia, do mundo. Acreditando ou não, era uma excelente atração para os turistas. Fora o vórtice que inicialmente atraíra a família West. Até o momento, fora um segredo bem guardado.

Os tempos tinham mudado e, agora que a cidade inteira lutava pela sobrevivência, tínhamos decidido capitalizar com o vórtice. Promovemos um tema Nova Era, completo com um centro de cura espiritual, spa e lojas de presentes com o tema de energia da terra.

Mas não bruxaria.

— Você nem tem um lugar para dar essas aulas.

Minha tia ergueu as sobrancelhas e sorriu. — Não é verdade. Acabei de alugar o velho colégio.

— Você não pode praticar magia a plena vista. — A escolha ficava a poucas centenas de metros do hotel e claramente visível da Rua Principal. Estremeci ao pensar em tia Pearl fazendo magia a plena vista dos turistas. Era a receita do desastre.

— É um país livre. — Tia Pearl fungou. — Farei o que eu quiser. A maioria das pessoas aqui conhece nossos talentos.

Aquilo era um pouco verdade. Era difícil manter segredos em Westwick Corners. Era uma cidade pequena em que todos se conheciam, mas o restante da população não conhecia a verdadeira extensão de nossas habilidades sobrenaturais. Tinham algumas noções vagas sobre poções de ervas e rituais pagãos, mas, além disso, não sabiam muito, o que era melhor para todos os envolvidos. A ideia de Westwick Corners se transformar no equivalente a uma cidade universitária de bruxas arruinaria o equilíbrio delicado de nossa existência frágil.

Tínhamos uma política de "não pergunte, não fale". O restante da cidade não perguntava e nós não falávamos. Funcionava melhor assim. Eu queria começar com o pé direito com o novo delegado e ostentar nossa magia certamente teria o efeito oposto.

Suspirei. — Você precisará primeiro de uma licença de funcionamento. Pretende mesmo listá-la como uma escola de magia?

Tia Pearl fez uma careta e mudou de assunto. — Vocês jovens não apreciam a sua herança. Você, por exemplo. Abandonou suas habilidades para matar tempo neste lixo.

— O *The Westwick Corners Weekly* não é um lixo. É um jornal de mais de cem anos. — Joguei as mãos para cima exasperada ao estudar meu escritório humilde. Qualquer renovação estaria fora do alcance, a não ser que o jornal ganhasse mais dinheiro de publicidade. Aquilo não aconteceria sem que a economia local florescesse.

Tia Pearl fez um som de desagrado. — Tudo aqui parece ter cem anos. Pelo menos, essa parte é verdade.

— É um jornal, não um salão de exposição. — Tia Pearl tinha a péssima mania de desprezar minhas conquistas. Eu deixara o coração falar mais alto ao pensar que conseguiria recuperar o jornal, mas não houvera outra alternativa. O *The Westwick Corners Weekly* não era o *New York Times*, mas era meu. E eu normalmente conseguia boas histórias.

— Como quiser. Mas não posso garantir a segurança de todos esses mortais que nos visitam. Meus alunos precisam praticar em pessoas de verdade.

— Todos nós concordamos com isso, tia Pearl, incluindo você. — Eu estava com medo de perguntar o que ela queria dizer com praticar em pessoas, mas aquele não era o momento para isso. — Reclame o tanto que quiser, mas precisamos de turistas. Duvido que você já tenha algum aluno inscrito.

— Quer apostar, senhorita? Minha classe está quase cheia.

Era quase certo que ela estava mentindo, mas eu não pretendia arriscar. — Eu a responsabilizo diretamente pela segurança e pelo bem-estar de nossos hóspedes. — Meu futuro dependia do crescimento e da prosperidade de Westwick Corners. Se não fosse por isso, não haveria motivos para continuar lá.

Brayden Banks era um dos motivos. Meu noivo era o prefeito e não podíamos nos mudar da cidade. O casamento aconteceria em duas semanas e meu futuro já estava definido.

— Claro que não. — Tia Pearl se virou e saiu do meu escritório. A porta no andar debaixo bateu com força no momento em que ela desapareceu no corredor. Ela reapareceu abruptamente alguns segundos depois e entrou apressada no escritório.

Um homem de ombros largos, parecendo perto dos trinta anos, a seguiu. Fiquei de boca aberta ao reconhecer o uniforme bege que acentuava o corpo atlético. O novo delegado não parecia nem um pouco com os homens de meia idade barrigudos e carecas que o precederam. A julgar pelo passo rápido, ele estava ali a trabalho.

— O que foi agora? — Eu tinha a sensação de que a visita dele tinha tudo a ver com a minha tia piromaníaca que estava parada à minha frente sem fôlego.

— Faço um trato com você — disse tia Pearl. — Você me ajuda com o delegado e, em troca, eu deixarei que se inscreva na Escola de Encantamento de Pearl de graça.

— Claro que não. Nada de tratos e não vou me inscrever na sua escola idiota de magia. — Assim que as palavras saíram da minha boca, eu me arrependi. Mas, por sorte, o delegado Gates ainda estava longe e não as ouviu.

Tia Pearl me olhou de cima abaixo e balançou a cabeça lentamente. — Se a sua avó pudesse vê-la agora, ficaria mortificada com a sua atitude e a sua magia enferrujada. Se há alguém que precisa da minha escola de encantamento, é você, Cendrine.

Tecnicamente, vovó *podia* me ver, pois ela se materializava como fantasma sempre que queria. Vovó Vi estivera quieta ultimamente enquanto cuidava dos próprios problemas. Ela estava chateada porque sua casa ancestral fora transformada no Westwick Corners Inn. A mudança era difícil para todos nós.

— Não preciso de sua escola. Tenho coisas mais importantes com as quais me preocupar.

Tia Pearl fez um gesto de desprezo. — O que poderia ser mais importante do que magia?

Meus olhos se voltaram para o delegado que se aproximava, mas ele ainda estava a vários metros de distância. Tia Pearl, como sempre, estava alheia às atividades das outras pessoas.

— Por exemplo, salvar a cidade. Trabalhamos muito duro para impedi-la de se transformar em uma cidade fantasma.

Tia Pearl deu de ombros. — Qual é o problema com uma cidade fantasma? Estou cansada de todos esses invasores. Quero um pouco de paz e silêncio, para variar.

A maior parte dos tumultos era resultante diretamente das ações de tia Pearl. Metade da cidade queria expulsar minha tia piromaníaca e, pelo jeito, o novo delegado também tinha alguma coisa contra ela. — Há alguma coisa que queira me dizer antes que ele chegue até aqui?

— Não. — O olho direito de tia Pearl tremeu, um sinal certo de que ela escondia alguma coisa. Bruxa ou não, nenhuma magia conseguia disfarçar suas mentiras.

— É melhor que a placa da rodovia esteja intacta, tia Pearl. Você me prometeu que não faria nada ilegal.

— Não prometi nada disso. Além do mais, mesmo que tenha prometido, eu estava com os dedos cruzados. — Os braços de tia Pearl sacudiram quando ela balançou a mão no ar.

Revirei os olhos. — Discutiremos isso mais tarde.

— Estou interrompendo alguma coisa? — O delegado Tyler Gates estava parado na porta. Era difícil não percebê-lo, nem que eu quisesse. Os cabelos escuros ondulados encostaram no topo da moldura da porta quando ele parou. Meu coração deu um salto quando meu olhar encontrou os olhos castanhos dele. Subitamente, Westwick Corners não pareceu mais tão enfadonha.

Eu me levantei, hipnotizada pelo sorriso contagiante dele. Estendi a mão. — Delegado, obrigada por vir. Bem-vindo a Westwick Corners.

— Pode me chamar de Tyler. Este lugar é pequeno demais para formalidades. — Ele segurou minha mão e apertou-a.

Senti um nó na garganta quando nossos olhares se encontraram. — Espero que goste daqui. — Senti o rosto quente ao encarar abertamente o homem mais bonito que já vira.

O delegado passou cuidadosamente por tia Pearl. — Eu tinha planejado vir outro dia, mas aconteceu uma coisa. — Ele inclinou a cabeça na direção da minha tia.

— É? — O uniforme dele delineava o peito musculoso em todos os lugares certos. — Se está falando de tia Pearl, ela exagera de vez em quando.

Senti um puxão na manga.

— Não fale de mim como se eu não estivesse aqui. — Tia Pearl avançou, colocando-se entre o delegado e eu. — Foi sobre isso que vim conversar com você. O delegado...

Eu tossi ao inalar o perfume de gasolina de minha tia. — Não vou livrar a sua cara desta vez, tia Pearl. Se você fez alguma coisa, assuma a responsabilidade.

Eu me virei para Tyler. — Tenho certeza de que podemos resolver, seja lá o que for que aconteceu. — Como única jornalista da cidade, eu queria manter um bom relacionamento de trabalho com o único policial da cidade.

Claro.

Exceto por ser tão bonito, Tyler Gates parecia bastante normal. Na verdade, normal demais para Westwick Corners. Ele tinha mais ou menos a mesma idade que eu, o que era incomum em comparação aos predecessores de meia idade que chegavam a Westwick Corners como último recurso, pois ninguém mais queria contratá-los. Mas o fato de estar ali significava que Tyler Gates tinha algum problema, que só não era aparente.

Virei-me para minha tia. — O que você fez que não quer me contar?

— Era o que eu estava tentando lhe dizer, Cen. Ouvir nunca foi um de seus pontos fortes. — Ela se aproximou de mim e sussurrou. — Tive que usar um pouco de magia.

Eu a encarei friamente.

— Você teve que usar o quê? — O delegado Gates franziu as sobrancelhas e inclinou-se ligeiramente para a frente. — Não ouvi.

Meu coração quase parou. Aquele era um segredo que precisávamos manter.

— Uma machadinha — disse eu. — Ela usou uma machadinha para cortar a placa. Não foi o que você disse, tia Pearl? — Tinha que ser a maldita placa. Ela simplesmente não conseguia deixá-la de lado.

Minha tia deu de ombros. Os cantos de sua boca se ergueram ligeiramente e ela pareceu divertida com a minha rima mal feita.

O delegado Gates pareceu confuso. — A placa foi queimada, não cortada. Não estou entendendo.

Fiz um gesto indiferente com a mão. — Tia Pearl se confunde às vezes.

— Mentira! — Tia Pearl bateu o pé no chão. — Não me confundo.

Eu a encarei friamente e virei-me para sorrir docemente para o delegado. — Ela não fará isso novamente, prometo.

Tia Pearl estalou os dedos para o delegado.

— Não fará o quê? — Uma fração de segundo depois, ele congelou em uma animação suspensa.

— Tia Pearl! Tire o feitiço dele! — Fiquei horrorizada com o flagrante desrespeito dela pelo novo delegado. — E você tem a coragem de falar da minha magia! O que você fez é abuso de poder.

Tia Pearl deu uma piscadela ao estalar os dedos duas vezes em rápida sucessão. — Tarde demais.

O delegado cambaleou ligeiramente e recuperou o equilíbrio quando o feitiço foi retirado.

— Nunca é tarde demais para a justiça. — O delegado Tyler Gates piscou de volta para ela, franzindo o nariz por causa do cheiro. — Acho que vou gostar deste lugar.

— É mesmo? — respondemos em uníssono.

— Pode apostar que sim. — Ele colocou a mão no bolso da camisa e tirou um bloquinho. Em seguida, escreveu alguma coisa com a caneta, arrancou a folha e entregou-a a tia Pearl. — Menos de um dia no emprego e já estou fazendo por merecer.

O sorriso de tia Pearl desapareceu quando ela leu o papel, que largou sobre a minha mesa. Era uma multa de quinhentos dólares por vandalismo.

O delegado não estava para brincadeiras.

Gostei dele imediatamente.

CAPÍTULO 2

Uma brisa fresca vespertina de fim de verão aliviou o calor. Eu dirigia com as janelas abertas, aproveitando a brisa.

O verão era minha época favorita do ano, mas eu também adorava a promessa de um novo começo que o outono carregava. A mudança de estação prometia um novo começo de várias formas. A inauguração do Westwick Corners Inn naquela noite iniciaria o novo negócio da família e, duas semanas depois, seria o meu casamento, quando eu começaria um novo capítulo em minha vida.

Em vez de empolgação, senti um peso no peito. Eu supusera que viveríamos felizes para sempre, como todas as outras pessoas. Mas tudo mudara no início do ano, quando Brayden se tornara o mais jovem prefeito de Westwick Corners. As ambições políticas dele pareciam estragar o tempo que passávamos juntos. Ele constantemente cancelava nossos planos para participar de um evento atrás do outro. Eu não tinha a menor vocação para ser a esposa de um político, mas parecia ser tarde demais para fazer algo a respeito.

Eu não tinha ninguém com quem conversar sobre isso. Todos os meus amigos tinham saído da cidade depois da escola para ir para a universidade ou trabalhar em Seattle ou locais mais distantes. Na verdade, em qualquer lugar que não fosse a entediante Westwick

Corners. Brayden e eu fôramos os únicos de nossa turma a ficar. Todas as outras pessoas da cidade estavam casadas e tinham filhos. As poucas pessoas solteiras eram, em sua maioria, parentes minhas. Bruxas não se davam muito bem no casamento.

Eu provavelmente também teria saído da cidade se não estivesse com Brayden. Tomei essa decisão livremente, mas sentia falta de passar algum tempo com minhas amigas. Pelo menos, encontraria a maioria delas no meu casamento dali a algumas semanas.

Dirigi pela estrada rodeada de árvores até chegar ao topo da colina. Nossa propriedade rural ficava acima do nível da cidade em uma colina com vista para o vale. O Westwick Corners Inn fora a casa da família, uma mansão rodeada por uma plantação de videiras e um jardim grande. Como todos os outros na cidade, precisávamos ganhar dinheiro. Portanto, planejávamos operar o Hotel como uma espécie de pousada do campo para conseguirmos nos sustentar.

A propriedade renovada também serviria como local da cerimônia do meu casamento. Brayden e eu trocaríamos votos no caramanchão do jardim. O ensaio daquele dia seria algo rápido, principalmente para convencer minha mãe perfeccionista de que o casamento transcorreria sem problemas.

Estacionei o carro e olhei para o Westwick Corners Inn ao cruzar a rua em direção ao jardim. Os doze quartos do Hotel incluíam duas suítes privativas no andar térreo para mamãe e tia Pearl. Eu morava em uma casa na árvore separada, na parte de trás da propriedade.

Meu chalé charmoso nas árvores fora construído pelo meu avô para a minha avó mais de meio século antes. Provavelmente parecia uma casinha de brinquedo, mas meu esconderijo era muito maior que isso. Tinha 93 metros quadrados em dois andares, construídos dentro e em volta do carvalho imenso que o apoiava. Era o melhor de dois mundos: próximo, mas não demais, da minha família excêntrica. Eu me sentia triste por ter que deixá-lo quando mudasse para a casa de Brayden depois do casamento.

Meu coração ficou apertado quando entrei no estacionamento e notei que a BMW de Brayden não estava lá. A estrada que subia a colina até nossa propriedade também não tinha tráfego algum. Fiquei irritada por Brayden não chegar a tempo nem mesmo para o ensaio do casamento. Os atrasos dele sempre desperdiçavam o tempo de outras pessoas e era irritante sempre ter que esperá-lo. Mamãe também ficaria descontente por ter a programação prejudicada em um dia tão movimentado. Eu odiava dar desculpas por ele e temia que talvez se atrasasse até mesmo no dia do casamento.

Na verdade, eu estava alguns minutos adiantada e talvez estivesse sendo injusta. Atravessei o jardim de rosas e inalei o perfume delicado a caminho do caramanchão. O jardim estava todo florido, um cenário perfeito para a cerimônia.

O exterior do caramanchão estava parcialmente coberto com diversas variedades de trepadeiras viçosas enroladas nos pilares e que forneciam um pouco de sombra. Flores brancas grandes estavam intercaladas com flores menores cor-de-rosa em formato de estrela, criando um tapete florido.

Mamãe e tia Pearl já estavam no caramanchão e ouvi as vozes ao chegar mais perto. Elas estavam do lado de fora, onde mamãe estava ocupada prendendo uma trepadeira que se soltara, enquanto tia Pearl assistia. Fiquei um pouco surpresa de ver minha tia, pois ela não costumava se importar com casamentos e similares. Mamãe provavelmente a convencera a ir para lá só para mantê-la longe de encrencas.

Mamãe olhou para cima e acenou para mim quando me aproximei. Ela era baixa, como tia Pearl, mas era a única semelhança entre elas. Tia Pearl era mais magra em comparação à silhueta rechonchuda de mamãe, o resultado de sempre testar duas ou três vezes o que cozinhava ou assava. Naquele dia, mamãe parecia cansada de tanto marcar itens na lista de coisas a fazer. A inauguração do hotel, meu casamento e as tendências perfeccionistas dela a estavam deixando estressada. — Achamos que você estava presa no trânsito ou algo parecido.

Nunca se ouvira falar em engarrafamentos em Westwick Corners. Era apenas a forma não agressiva de mamãe me recriminar por fazê-la esperar. Ela nunca dizia as coisas de forma direta, especialmente as negativas. Mantinha as emoções sob controle e ficava estressada, em vez de se expressar e talvez chatear alguém. Era a maneira dela de não perturbar. Não era muito efetiva, pois manter a paz acabava lhe causando enxaquecas.

Ao chegar mais perto, notei gotas de suor na testa de tia Pearl. Ela devia estar aprontando alguma coisa. O que, exatamente, eu não sabia, mas tinha a sensação de que descobriria em breve. Como se a pirotecnia com a placa da estrada não tivesse causado problemas o suficiente.

Respirei fundo e canalizei a calma interna. Eu não reagiria a tia Pearl, não importava o que ela fizesse. Tia Pearl não gostava do fato de eu me casar com o prefeito, apesar de Brayden ser meu namorado da época da escola e de ela conhecê-lo havia anos. Subitamente, ele era o sistema e ela o considerava pessoalmente responsável por todas as regras com as quais discordava.

Fora uma conclusão óbvia de que nos casaríamos antes mesmo de ele me pedir em casamento. Todos em nossa classe de graduação se mudaram para longe assim que possível e Brayden era praticamente o único solteiro na cidade que não estava vivendo às custas do governo. Além do novo delegado, claro. Mas Tyler Gates não contava. Ele iria embora dali a alguns meses, como todos os outros delegados antes dele.

Tia Pearl e a lei não se misturavam. Ela afugentara da cidade diretamente meia dúzia de delegados como resultado de seus truques. Os problemas entre a magia dela e a figura autoritária eram uma combinação catastrófica para a lei e a ordem. Pelo menos, até aquele momento. Lembrei-me do instante mais cedo em que o delegado Tyler Gates multara tia Pearl. Aqueles olhos castanhos quentes nem piscaram. E ele era bem apessoado.

— Cendrine! — O grito de minha tia acabou com meu devaneio. — Preste atenção!

Ela ainda estava brava comigo.

Apressei o passo.

— Sim? — Eu não fizera nada além de ficar ao lado do delegado Gates sobre acabar com a pirotecnia dela. Era raro eu a deixar irritada. Tinha que admitir que aquilo me deu uma ligeira sensação de satisfação.

— Não tenho o dia inteiro. Venha logo — disse tia Pearl. — Tenho que fazer de conta que sou aquele infeliz do seu namorado. Homens de verdade não deixam a mulher sozinha no altar. É um mau presságio. Vivo lhe dizendo isso, mas você não escuta. É melhor que continue solteira.

— Você só vê o lado ruim dele, não o bom. — Apesar da irritação, tia Pearl só queria o melhor para mim. Pelo menos, era o que eu dizia a mim mesma.

Ela ergueu as sobrancelhas. — Não gosto do lado bom dele, do lado ruim nem de lado nenhum. Nenhum de nós gosta. Ele não apareceu para o ensaio do casamento? Sério, Cen. Termine tudo enquanto pode.

Mamãe deu de ombros e ergueu as mãos, parada um pouco atrás de tia Pearl.

Ela se virou para mamãe. — Ruby, você terá um genro que não presta.

— Ora, ora, Pearl, tenho certeza de que ele tem um bom motivo para estar atrasado. Além do mais, é Cen que vai casar com ele, não você. — Mamãe parou entre nós duas como uma juíza em uma luta. Não era fácil ser pacificadora em uma família de bruxas voluntariosas. — Brayden já é parte da família, goste você ou não. Ele tem algumas qualidades maravilhosas.

Como sempre, as palavras de mamãe tiveram um efeito calmante e nós duas ficamos em silêncio. Soltei um suspiro de alívio. Apesar de eu ser mais pesada que minha tia, ela tinha muito mais força de vontade e truques. Eu não teria a menor chance contra ela.

— Temos que terminar isto. Os primeiros convidados chegarão em menos de uma hora. — Mamãe apertou as mãos ao nos encaminharmos para os degraus do caramanchão.

— Brayden telefonou para dizer que a reunião dele demorou mais do que o previsto. Ele chegará daqui a alguns minutos. — Era mentira, mas era mais fácil do que a verdade.

— Vamos usar um substituto. Ele poderá assumir seu lugar quando chegar aqui — disse mamãe.

— Mas quem...? — Segui o olhar dela até minha tia. — Ah, não, não vou me casar com ela.

Mamãe acenou com a mão. — É só um ensaio, Cen.

— Mas por que ensaiar sem o noivo? Não adianta nada.

— Não tenho o dia inteiro, Cendrine. — Tia Pearl bateu no relógio. — Ruby tem razão. Tenho coisas a fazer, lugares aonde ir. Quer ou não minha ajuda?

Eu não queria ceder, mas elas tinham razão. Brayden deveria estar lá, mas não estava. Eu me senti ridícula, inventando desculpas para ele, mas não queria que tia Pearl o detestasse mais ainda.

Mamãe interferiu. — Pare de tentar arrumar confusão, Pearl. O único lugar em que precisa estar é bem aqui, apoiando Cen no ensaio dela.

Tecnicamente, não era o meu ensaio, pois a festa e o encarregado do casamento não estavam lá. Mamãe insistira em um ensaio pré-ensaio. O noivo ausente só feria os sentimentos perfeccionistas dela.

Eu também estava furiosa com Brayden. E daí se era o ensaio de um ensaio? O casamento aconteceria apenas algumas semanas depois. Eu não era importante o suficiente para a presença dele? Eu odiava ficar em segundo plano por causa da agenda política dele.

— Nos seus lugares, senhoritas. — Mamãe bateu palmas e subiu os degraus do caramanchão. Eu a segui.

Ela parou no topo da escada e acenou para que entrássemos.

Eu mal a notei. Meus olhos continuavam na rua ainda vazia, imaginando onde Brayden estava. Os segundos seguintes foram um borrão quando meu pé bateu em algo pesado, tropecei e caí para trás.

— Mas que diabos? — gritou tia Pearl ao cair sobre mim.

— Não consigo respirar! — Quase cinquenta quilos de ossos e pele espremiam meu peito. Soltei os braços e esforcei-me para mudar o peso de lugar. Mas eu estava presa no chão.

— Ai, meu Deus, ele está morto! — gritou mamãe ao tirar tia Pearl de cima de mim. — Há um cadáver no caramanchão!

Instintivamente, rolei o corpo e dei de cara com um corpo ensanguentado. O rosto de um homem morto estava a poucos centímetros do meu.

Gritei e rolei para o outro lado o mais depressa que consegui, batendo na parede do caramanchão. Levantei-me rapidamente e corri para o canto mais distante, onde mamãe e tia Pearl estavam. Encaramos a cena à nossa frente.

Um homem obeso estava no chão do caramanchão, de barriga para cima. O rosto dele estava tão coberto de sangue que era irreconhecível. Uma poça de sangue manchava as roupas e escorria sob o corpo.

— Ai, meu Deus — exclamou tia Pearl, virando-se de costas. Um segundo depois, ela se virou novamente. — Eu nunca o vi antes. Não deve ser daqui.

Fiquei de boca aberta ao reconhecê-lo. — É Sebastien Plant, da Travel Unraveled. Nosso convidado VIP.

Tia Pearl se ajoelhou ao lado do corpo e verificou se havia respiração ou pulso. — Uh-oh.

Mamãe assentiu lentamente quando percebeu a situação. — Ele nem deu entrada ainda.

— Acho que ele registrou a saída. — Tirei o celular do bolso e digitei o número do delegado. Precisávamos de ajuda, e depressa.

CAPÍTULO 3

Dez minutos depois, esperávamos do lado de fora do caramanchão enquanto o delegado Tyler Gates inspecionava a cena do crime. Enquanto eu tentava digerir o destino de Sebastien Plant, percebi que ainda tínhamos que atender nossos convidados, que chegariam em breve, além do que acabara de partir. Olhei para meu vestido de linho branco novo, agora manchado de sangue. Estremeci ao pensar que eu estivera deitada sobre um cadáver alguns minutos antes.

Andei até o pé da escada e espiei para dentro. O delegado Gates andava em volta do corpo, profundamente pensativo. Abri a boca para falar, mas ele me interrompeu.

— Você o conhece? — Tyler Gates se abaixou ao lado do corpo de Sebastien Plant.

— Não pessoalmente. Ele é Sebastien Plant, um de nossos hóspedes — disse eu. — Na verdade, teria sido. Ele deveria se hospedar conosco, mas não tinha dado entrada ainda. Ele é, ou era, o CEO bilionário da Travel Unraveled, o império global de viagens. Nós o convidamos para a inauguração.

Eu me virei para olhar para mamãe e tia Pearl, que também se aproximara para ver melhor. Sebastien Plant estava deitado de costas, com a barriga grande virada para cima como uma baleia encalhada.

Mamãe enterrou o rosto nas mãos. — Está tudo arruinado. Nunca mais ninguém visitará nosso hotel. Como poderemos salvar nosso negócio?

— Relaxe — disse Pearl, afastando o olhar rapidamente do corpo deitado no chão. — Ele provavelmente teve um ataque do coração. Olhe só para ele. Obviamente, não se cuidava.

— Com todo aquele sangue? — Balancei a cabeça. — Aquilo não foi um ataque do coração. — Sebastien Plant era morbidamente obeso, mas a cabeça ensanguentada indicava que ele não morrera por causa das escolhas ruins de estilo de vida.

— Como posso relaxar? — A voz de mamãe sumiu quando ela se segurou no meu braço para se apoiar. — Aquele pobre homem. Não consigo acreditar que ele tenha perdido a vida em nosso jardim.

— Descobriremos quem o matou — disse tia Pearl. — Mas você pode esquecer aqueles planos idiotas de turismo. Ninguém vai querer nos visitar agora.

— Ainda não sabemos como ele morreu. — Além da cabeça ensanguentada, havia arranhões nos braços e no rosto dele. A julgar pelos ferimentos, ele sofrera vários golpes e tentara se defender. Estremeci ao pensar que havia um assassino entre nós.

A morte de Sebastien Plant fora muito trágica. Também acontecera em um péssimo momento para a inauguração do Westwick Corners Inn. Eu me afastei alguns passos do caramanchão. — Vamos dar espaço ao delegado.

— Como manteremos os convidados longe do caramanchão? — Os olhos de mamãe passavam de mim para o caramanchão enquanto ela torcia as mãos.

— O delegado deve ter um plano. Tenho certeza de que ele lidou com este tipo de coisa antes. — Aquele tipo de coisa era uma cena de um crime, mas tentei não deixar minha preocupação transparecer. Ganhar e perder a atenção do bilionário Sebastien Plant, o magnata do turismo, no espaço de uma semana também causou uma avalanche de emoções em mim.

— Quem é o assassino? — Tia Pearl estreitou os olhos. — Há outras vítimas?

O delegado Gates balançou a cabeça ao sair do caramanchão. — Não ouvi falar de nenhuma outra morte. Não saberemos a causa oficial da morte até que os peritos processem a cena e a médica legista faça uma autópsia. Chamei a polícia de Shady Creek para me ajudar.

Shady Creek ficava a mais ou menos uma hora de distância. Era uma cidade que surgira cerca de vinte anos antes no pé das colinas e crescera rapidamente desde que a estrada fora desviada para longe de Westwick Corners. À medida que os negócios em Westwick Corners fechavam, ficamos cada vez mais dependentes de Shady Creek para coisas como tratamento médico, tribunais e qualquer coisa além de serviços policiais básicos.

— Excelente especialista que você é. Obviamente foi um assassinato. — A voz de tia Pearl estava contida.

O delegado suspirou. — Não posso comentar sobre a causa da morte, mas certamente parece suspeita. Mas só a médica legista poderá nos dizer com certeza. Portanto, não vamos tirar conclusões precipitadas.

Enquanto o delegado consolava mamãe, passei por trás dele e espiei para dentro do caramanchão. Agora que passara o choque inicial, eu queria olhar melhor.

O corpo de Sebastien Plant estava deitado como um quadro surreal de natureza morta, entre as decorações florais do casamento. Pela cabeça ferida e ensanguentada, parecia que ele tinha participado de uma briga muito feia em um bar. Fosse qual fosse o motivo da morte, certamente não fora por causas naturais.

Fiquei de boca aberta e senti um arrepio na espinha. A varinha de tia Pearl estava sobre o peito de Sebastien Plant. Ela devia tê-la deixado cair e esquecera com toda a confusão. Mesmo assim, eu nunca ouvira dizer que tia Pearl esquecera alguma coisa, especialmente não a varinha, que nunca saía de perto dela.

Não era preciso ser nenhum gênio para ver que a morte de Sebastien Plant fora causada por trauma. A varinha de tia Pearl sobre o peito dele certamente parecia suspeita. Por que ela não a pegara?

A prova era incriminadora, mas explicável. A varinha provavelmente caíra da mão dela quando ela tropeçara e caíra. Eu não conseguia me lembrar se ela a tivera na mão quando cheguei ao caramanchão, mas provavelmente sim. Tudo acontecera tão depressa que era um borrão.

Eu estava mais preocupada com tia Pearl ter que se explicar, o que seria ainda pior. Aquele delegado novo não sabia de nossas tendências sobrenaturais. Era melhor para todos se as coisas continuassem assim.

Olhei para tia Pearl, que rapidamente afastou o olhar. Ela não parecia preocupada com o fato de que a varinha dela estava sobre o peito de um homem morto. No mínimo, era tarde demais para pegá-la. Olhei novamente para a varinha e notei, pela primeira vez, a ponta cheia de sangue. O delegado também notou no momento em que passei por ele.

— Não chegue perto — disse o delegado Tyler Gates. — Precisamos isolar a cena do crime.

Um quadrado branco chamou minha atenção. — O que é aquilo? — Apontei para o pedaço de papel dobrado ao lado do corpo que eu não notara inicialmente. — O assassino deixou um bilhete.

O delegado passou por mim e voltou ao caramanchão. Ele se ajoelhou ao lado do corpo, ergueu o bilhete com pinças e cuidadosamente abriu-o.

Eu o segui, subindo os degraus lentamente para não chamar a atenção dele. Permaneci na entrada e observei quando ele desdobrou o papel com a ponta de cima de um lápis, tomando muito cuidado para não tocar em nada além das beiradas, apesar de usar luvas.

— Talvez o assassino quisesse só assustá-lo, não matá-lo. — Dei um passo à frente e abaixe-me ao lado do corpo para olhar mais de perto.

— Você não deveria estar fazendo isso. — O delegado acenou para que eu me afastasse. — Você contaminará as provas.

— Acho que já fiz isso. — Estremeci ao pensar que caíra sobre o corpo do nosso convidado alguns minutos antes.

— Você não vai ler o bilhete? — Eu estava louca para saber o que ele dizia. Inclinei a cabeça para o lado e silenciosamente li a mensagem.

As letras tinham sido escritas com uma caneta preta fina e eram bem simétricas, como a caligrafia bem caprichada de uma criança. A mensagem era tão clara quanto as letras:

EMBORA ANDES deveras em tuas rondas,
É melhor que corras e que te escondas,
Nas viagens construíste todo um mundo,
Mas teu fim pode chegar em um segundo.

AQUI NÃO HÁ negócio em que estejas,
Não beberás mais das nossas cervejas,

DEIXA WESTWICK CORNERS SEM DEMORA,
Enquanto ainda podes, vai embora.

NÃO TOQUES em nossa terra e nesta cidade,
Se falhares em aceitar essa verdade,
Serás pois perseguido, ouve este aviso,
Com o corpo já inerte e inciso.

— UM VERSINHO — disse Pearl ao meu lado. — E muito bom, por sinal.

Tia Pearl raramente elogiava alguém. Apesar de o tom ser leve, a mensagem não era. O poema era uma ameaça direta a Sebastien Plant e sua empresa, a Travel Unraveled.

— Por que avisar uma vítima que já está morta? — Eu não conseguia pensar em ninguém da cidade capaz de assassinato. Aliás, em ninguém fora da família imediata que poderia saber sobre nossos hóspedes VIP. — Há outras formas de espantar as pessoas da cidade.

— Ouvi dizer. — O delegado Gates se levantou e olhou de relance para tia Pearl, que se aproximara para olhar mais de perto. — Vocês precisam recuar. Fora da cena do crime.

— Não estou vendo a fita amarela da polícia — retrucou tia Pearl.

Ele suspirou. — O caramanchão inteiro é a cena do crime. Agora, por favor, saiam antes que contaminem as provas. — Ele cuidadosamente dobrou o papel e colocou-o em um saco plástico.

— Mas estávamos nele antes. — Tia Pearl colocou as mãos na cintura. — Tem certeza de que sabe o que está fazendo, delegado?

Coloquei a mão no ombro de minha tia e conduzi-a para a escada. Eu a apertei de leve ao sussurrar no ouvido dela: — Pode, por favor, parar com isso? Você está causando uma péssima primeira impressão.

— Que diferença faz? Ele irá embora em um mês. Os turistas também não voltarão. Pelo menos, alguma coisa boa resultará de tudo isto. — Ela resmungou algo que não consegui ouvir.

Eu a segui pela escada até o jardim. — Matar hóspedes é uma medida um tanto extrema para impedir o turismo, mas Sebastien Plant é famoso. Talvez até atraia mais turistas.

— Não seja ridícula. — Tia Pearl arregalou os olhos. — Ninguém desejará vir aqui. É perigoso.

— O assassinato de Plant gerará muita publicidade, tia Pearl. O caramanchão talvez até mesmo vire um tipo de santuário. Sebastien Pearl é, ou era, uma celebridade. Os fãs dele talvez façam uma peregrinação ao local de descanso final dele. — Pearl era muito popular, com uma série na televisão, uma revista e vídeos. Eu não acreditava naquilo, mas tia Pearl poderia acreditar. Para variar, eu estava usando um pouco de psicologia reversa nela.

— O cadáver nem esfriou e você já está pensando em explorá-lo para ganhar dinheiro? — Tia Pearl fez uma careta. — Você tem um coração muito frio, Cendrine.

— Westwick Corners não é famosa, mas consigo perceber como a publicidade do nosso hóspede VIP pode valer mais com ele morto do que vivo. De qualquer forma, isso coloca Westwick Corners no mapa.

— Virei-me para tia Pearl. — Você não esqueceu a varinha no caramanchão?

Ela franziu a testa, mas não disse nada. Seus olhos encontraram os meus por um segundo antes que ela se virasse e fingisse não ter me escutado.

O delegado Gates desceu a escada e juntou-se a nós. — Não quero que discutam o que viram lá dentro. — Ele apontou para o caramanchão. — Especialmente sobre o bilhete e a arma do crime.

O delegado achava que a varinha de tia Pearl era a arma do crime? Aquilo não estava nada bom. O rosto bonito dele não demonstrara emoção alguma, o que imaginei ser parte da distância profissional de um policial. Não pude deixar de me perguntar se ele já se arrependia de ter ido para Westwick Corners. Como único policial, ele teria bastante trabalho.

— Talvez ele tenha sido morto por acidente — disse tia Pearl. — Isso explicaria o bilhete. Você não ameaça alguém com um bilhete e imediatamente mata a pessoa. Isso não faz sentido.

— Talvez o bilhete tenha sido deixado como aviso para a esposa dele — disse mamãe. — Tonya Plant também é parte da Travel Unraveled. O assassino queria que os dois fossem embora.

O delegado Gates assentiu. — O assassino pode ser alguém local que não quer os Plants aqui. Falando nisso, onde está a esposa dele?

Eu dei de ombros. — Não faço a menor ideia. Nem sabíamos que eles já tinham chegado. Ainda não deram entrada no hotel. — A inauguração oficial seria naquele dia e os primeiros hóspedes deveriam chegar a qualquer momento.

— Quem poderia ter feito tal coisa? — Mamãe arregalou os olhos ao notar pela primeira vez meu vestido sujo de sangue.

— A maior parte dos locais concorda com os planos de turismo, mas nem todos. No entanto, nenhum deles seria capaz de assassinato. — Olhei para minha tia, que me ignorou.

— As pessoas fazem coisas extremas quando se sentem ameaçadas. — O delegado Gates gesticulou na direção do hotel. — Vocês deveriam voltar para lá. Mas não saiam da propriedade. Quero interrogar todas vocês assim que eu entregar o caramanchão para os peritos.

— Ainda não entendo — disse tia Pearl. — Por que ameaçar Plant quando ele já está morto?

Senti um arrepio gelado na espinha. A varinha, o bilhete e tudo o mais apontava para minha tia. Se era tão óbvio para mim, também seria para o delegado.

Fiz uma anotação mental para perguntar à mamãe sobre o paradeiro de Pearl antes do caramanchão. Eu sabia que ela não era capaz de cometer um assassinato, mas certamente era capaz de criar confusão. Ela não causara uma boa primeira impressão no delegado e, quanto mais soubéssemos antes que fosse interrogada por ele, melhor. A investigação poderia facilmente ir para o lado errado com um dos comentários maldosos dela. Precisávamos de uma estratégia.

Segui mamãe e tia Pearl. Ao atravessarmos o jardim, olhei na direção do estacionamento. Ainda não havia sinal do reforço policial que o delegado pedira de Shady Creek. Até que chegassem e processassem a cena do crime, provavelmente já seria depois do jantar. Como ainda estávamos no meio da tarde, tínhamos que formular um plano para manter a cena do crime fora de vista. Também tínhamos que manter os hóspedes fora do jardim.

Virei-me para mamãe. — A ideia de um assassino entre nós é assustadora. Por que alguém quereria afastar as pessoas da cidade?

Tia Pearl tossiu de leve. — Preciso ir. — Ela se afastou de nós e caminhou apressadamente na direção do hotel, desaparecendo na entrada do porão.

Mamãe arregalou os olhos e encarou-me. — Acho melhor eu segui-la.

Olhei para o caramanchão onde estava o delegado Gates de braços cruzados. Ele virou a cabeça e seguiu o caminho dela pelo jardim, franzindo a testa quando ela acelerou o passo.

O fato de tia Pearl ter deixado a varinha para trás me incomodou. Ela nem pareceu se importar com isso, apesar de nunca ir a lugar algum sem a varinha. Ela andou mais depressa do que eu jamais vira, uso evidente de magia. Ela mal parecia a velhinha frágil que fingia ser na cidade. Era sinônimo de confusão.

Olhei para o relógio, surpresa ao ver que uma hora se passara desde que eu chegara ao caramanchão. Ainda não havia sinal de Brayden. Ou ele ouvira falar do assassinato de Plant ou esquecera-se completamente do ensaio às três horas da tarde. Fosse qual fosse o motivo, meu futuro marido não tinha tempo para comparecer ao ensaio do casamento nem para me dar apoio.

CAPÍTULO 4

— Espere... não vá ainda. — A voz profunda do delegado Tyler Gates cortou o silêncio.

Meu coração quase parou quando olhei para os olhos castanhos suaves. Minha pulsação acelerou e, por uma fração de segundo, eu me esqueci de que estava na cena de um crime.

Corei quando senti o olhar dele sobre mim. O que eu tinha na cabeça?

Eu me virei e andei lentamente de volta até o caramanchão, seguindo-o até o interior.

Ele apontou na direção do corpo de Plant. — Você já viu aquilo antes, não viu?

O choque devia estar registrado no meu rosto. Assenti lentamente, ainda sem entender por que a varinha mágica de tia Pearl estava no caramanchão, para começo de conversa. Eu sabia que ela não a esquecera, pois nunca a perdia de vista. Lembrei-me da saída apressada dela. Era quase como se estivesse fugindo de alguma coisa.

Mas não era aquilo que me preocupava mais. A parte de cima da estrela de cinco pontas estava escura, coberta de sangue coagulado. O delegado acendeu a lanterna sobre a varinha, algo completamente desnecessário, pois não havia sombra alguma no caramanchão sob o sol claro da tarde.

As manchas de sangue eram claramente visíveis. — Pertence a tia Pearl. — Olhei na direção do hotel.

— O que é? Parece um pedaço de um puxador de cortina ou algo assim.

Era verdade que a estrela lembrava alguns dos enfeites vendidos no Walmart, mas a varinha de tia Pearl era muito mais perigosa que um puxador de cortina. Mais ainda agora, pois parecia ter sido usada em um assassinato.

— É a... hmm... bengala dela. — As pontas da estrela eram afiadas, mas não o suficiente para causar o tipo de dano que eu via à minha frente. Tia Pearl não era forte o suficiente para cometer um ato daqueles. Pelo menos, não sem magia.

Ela também tinha medo de sangue.

— Eu não sabia que ela usava bengala.

Abri a boca, mas não saiu palavra alguma.

Tinha que haver uma explicação lógica, apesar de tia Pearl desafiar a lógica. Eu precisava falar com ela antes do delegado. Eu sabia que isso não soava ético, mas precisávamos esconder nossa magia a todo custo ou logo veríamos outro delegado desistir da cidade. Algo me dizia que tia Pearl estava prestes a cruzar uma linha que mudaria as coisas para sempre.

Nossa magia tinha que permanecer em segredo. Era essencial para nossa coexistência em Westwick Corners. Obviamente, tia Pearl sabia disso, mas tinha a tendência de agir primeiro e cobrir os rastros depois.

— Ela parece bem ágil — disse ele. — Obviamente, não precisa de uma bengala.

Nós dois assistimos enquanto tia Pearl e mamãe andaram apressadamente até a porta da cozinha do hotel e desapareceram no interior.

— Pearl também estava se mexendo muito bem sozinha na estrada esta manhã. — Tyler Gates franziu a testa. — Tive que correr para alcançá-la. Eu nunca acreditaria que ela precisa de uma bengala.

— Ela tem crises ocasionais de reumatismo.

— É mesmo? — Os olhos castanhos me estudaram. — Ela parece muito bem.

Eu assenti. Odiava mentir, mas não tinha outra escolha até que descobrisse exatamente como a varinha de minha tia saíra de perto dela, para começo de conversa. Ela nunca a perdia de vista. Ela voltara à cena do crime para recuperá-la? Isso implicava que ela sabia que estava lá. Não a transformava em uma assassina, mas também não explicava o sangue na varinha.

Lembrei novamente da cena. A cabeça e o rosto de Sebastien Plant estavam cobertos com tanto sangue que era difícil determinar o tamanho do ferimento. Eu não conseguia imaginar que a varinha de minha tia poderia causar tanto dano. Estremeci ao me lembrar do rosto ensanguentado dele. — Não acho que a vari... quer dizer, a bengala dela seja afiada o suficiente para arrancar sangue, que dirá matar alguém.

— Você ficaria surpresa com o que as pessoas podem fazer no calor do momento. — O delegado não pareceu muito convincente.

— Tia Pearl é geniosa, mas não é uma assassina. Você não acha mesmo...

— Não importa o que eu acho. A médica legista determinará a causa da morte. Não adianta especular até que tenhamos a conclusão dela.

— Mas há uma explicação lógica para tudo isto.

Ele gesticulou de forma indiferente. — Só tenho uma pergunta. Por que a bengala de Pearl estava em cima do corpo de Sebastien Plant?

Franzi a testa. — Eu e tia Pearl tropeçamos e caímos sobre o corpo. — Meu comentário sugeriu que ela segurava a varinha no momento em que caímos e não tentei corrigir. Eu tinha quase certeza de que ela não estava com a varinha quando caímos sobre o corpo de Plant. Ela teria me atingido se estivesse segurando a varinha. Eu não queria prejudicar uma investigação de assassinato, mas também não pretendia incriminar minha tia. — Não é possível que você ache que tia Pearl teve alguma coisa a ver com isto.

— Vou aonde os fatos me levam. No momento, eles levam a Pearl. Pelo menos, até que ela responda às minhas perguntas.

O rosto do delegado Gates permaneceu inexpressivo e eu não soube dizer se ele estava falando sério ou não. Pensei no comentário que tia Pearl fizera mais cedo sobre o delegado ser corrupto. Ela não deu um motivo, mas e se houvesse alguma verdade? Se ele quisesse solucionar o caso rapidamente, poderia direcioná-lo com facilidade para minha tia. Não atraímos os melhores candidatos que havia para a polícia e talvez fosse esse o problema com ele. Sempre havia alguma coisa errada com alguém que se mudava para Westwick Corners: ou estava escondendo algo do passado ou estava escondendo-se de alguém.

Apontei para a varinha de tia Pearl. — Aquela ponta não é afiada suficiente para arrancar sangue, que dirá matar alguém. Ela parece bem inofensiva para mim. — Em termos de magia, o oposto era verdade. Nas mãos erradas, aquela varinha era mortalmente perigosa. Mas o delegado não sabia que éramos bruxas e eu não pretendia dizer isso a ele.

Ao olhar para a varinha, tive uma epifania. Tia Pearl não poderia ter matado Sebastien Plant. Lembrei de alguns meses antes quando ela cortara o dedo e desmaiara. Minha tia durona tinha medo de sangue.

Eu tinha certeza de uma coisa. Não sabia como nem por quê, mas alguém mais era responsável pelo sangue na varinha de tia Pearl.

E não importava o que fosse preciso fazer, eu encontraria aquela pessoa.

CAPÍTULO 5

Fui para a cozinha, onde mamãe observava chocada enquanto tia Pearl preparava uma salada para o jantar daquela noite. Pelo menos, ela estava usando a magia de forma construtiva, para variar, mas fiquei surpresa com a bagunça que fizera em apenas alguns minutos.

Peguei no ar um pé de alface e coloquei-o sobre o balcão. — Precisamos conversar.

— Estou ocupada, Cen. Isso terá que esperar. — Ela estalou os dedos e cortou uma bandeja de cenouras.

— Esqueceu de alguma coisa? — perguntei.

— Hmmm, cenouras, tomates, pepinos... não, acho que não.

— Estou falando de sua varinha. Por que você a deixou no caramanchão? — Considerando que a varinha nunca saía de perto dela, minha tia não parecia nem um pouco preocupada.

— Não tenho tempo para conversar agora. Temos que preparar o jantar para os hóspedes. — Tia Pearl estava parada ao lado da ilha central da cozinha industrial enorme. O aço inoxidável, antes brilhante, estava coberto de pingos e cascas de legumes. A cozinha era a única parte do hotel que fora renovada de forma profissional.

Tivemos que investir muito e era o orgulho e a alegria de mamãe. Mas, no momento, estava uma bagunça.

A cozinha impecável de mamãe se transformara em uma confusão epicuriana. Sobre o balcão, havia pilhas de louças e a pia estava cheia de tigelas sujas. O ar úmido tinha cheiro de queimado. Era esse o problema com a magia. Bastava alguns minutos para criar um desastre. Ou a magia de tia Pearl estava descontrolada ou ela encontrara uma forma de descontar.

— Há poucos minutos, você queria que todos os hóspedes fossem embora — disse eu.

— Bem, agora eles estão aqui. Precisamos alimentá-los. — Tia Pearl limpou o suor da testa com o braço cheio de farinha.

Mamãe deu um passo à frente e fez uma careta. — Eu já tinha preparado tudo, Pearl. Você só está fazendo uma bagunça aqui.

— Achei que não havia comida suficiente e resolvi fazer mais. — Minha tia fez uma careta como uma criança repreendida.

Assenti para mamãe. — Você cuida da comida, eu cuidarei de tia Pearl.

— Ninguém vai "cuidar" de mim, Cendrine. Principalmente você.

— Escute bem, tia Pearl. Sebastien Plant acabou de ser assassinado e a sua varinha estava sobre o peito dele. Como ela foi parar lá?

Tia Pearl ficou de boca aberta. — Então era lá que estava a minha varinha.

— Não se faça de boba. Você a viu no caramanchão, como eu também a vi. Por que você a deixou lá?

— Não deixei! Alguém a roubou. — Ela jogou os braços no ar. — Não posso pegar alguma coisa da cena de um crime e deixar minhas impressões digitais nela. Eu poderia ser incriminada!

— Mas é a sua varinha. Suas impressões digitais já estão nela.

— Não vou ficar aqui parada ouvindo suas acusações. — Tia Pearl tirou o avental e jogou-o no ar. Ele caiu sobre a grelha e começou a soltar fumaça quando ela se virou e saiu pela porta.

Tirei o avental de cima da grelha e joguei-o no chão. Pisei nas chamas antes de correr atrás de minha tia. — Espere... tia Pearl! Ninguém está acusando você de nada. Só precisamos saber o que realmente aconteceu para não nos expormos. — Eu esperava que ela não inventasse uma de suas histórias malucas. Eu só queria a verdade. Por que ela não podia responder à pergunta?

— Ora, Cen. Sou muitas coisas, mas não sou exibicionista.

Franzi a testa. — Você sabe o que quero dizer. As pessoas não podem descobrir que somos bruxas, especialmente não no meio de uma investigação de assassinato.

— Só não sei o que a minha varinha tem a ver com isso tudo. Não sou uma assassina. — Ela fungou e limpou lágrimas imaginárias.

— Sabemos disso, Pearl — disse mamãe. — Mas a investigação está prestes a ir para o lado errado se não colocarmos o delegado no caminho certo. Quanto mais tempo ele passa olhando para você, menos tempo tem para encontrar o verdadeiro assassino. Enquanto isso, o assassino está à solta. Quanto mais cedo for pego, melhor para todos nós.

Aquilo pareceu acalmar tia Pearl. — O delegado Gates certamente está atrás de mim. Não quero ser incriminada.

Percebi que o tamanho pequeno da cidade era um golpe de sorte. O delegado estava sozinho, impossibilitado de nos separar para sermos interrogadas. Tínhamos uma oportunidade de acertar nossas histórias antes que chegassem os reforços de Shady Creek. Parecia algo criminoso, mas era essencial manter a magia escondida.

— Então ajude — pediu mamãe. — Diga-nos tudo o que sabe... o que dirá ao delegado Gates.

— Não há muito a dizer, além de como nós o encontramos no caramanchão. — Tia Pearl olhou para mim e assentiu para mamãe. — Ruby e eu andamos até lá juntas alguns minutos antes de você chegar, Cen. Eu já disse isso ao delegado.

Eu nem a vira falando com o delegado, mas provavelmente estivera preocupada demais para perceber. — Ele perguntou mais alguma coisa?

Tia Pearl balançou a cabeça negativamente. — Ele disse que talvez tivesse mais perguntas depois. Belo delegado. Nem mesmo pediu meu DNA.

— Ainda bem — disse mamãe. — Espero muito que ele tenha uma

pista. Quem ousaria matar a melhor coisa para o turismo que esta cidade já viu?

Eu tinha certeza de que o delegado ainda não descartara nenhum suspeito. Nem mesmo as bruxas de cabelos grisalhos.

Tia Pearl pigarreou. — Não consigo imaginar ninguém que pudesse fazer isso.

Percorri mentalmente uma lista dos encrenqueiros locais. Não aconteciam muitos crimes na nossa pequena cidade e certamente não havia nenhum criminoso violento. Todas as provas apontavam diretamente para a pessoa parada ao meu lado. Tia Pearl *era* a encrenqueira número um da cidade. Era capaz de muitas coisas, mas assassinato não era uma delas.

Minha tia pareceu adivinhar o que eu estava pensando. — Certamente não eu. Mas devo admitir que não consigo pensar em uma forma melhor de deter permanentemente os visitantes do que matá-los.

— Pearl! — Mamãe balançou a cabeça. — Não fale assim. Basta alguém escutar e interpretar o que disse da forma errada.

— Por que alguém acharia que eu queria matá-lo? Nem conhecia o cara.

— Algumas vezes, as pessoas tiram conclusões precipitadas. — Mamãe deu de ombros. — Desde que você tenha um álibi, não há nada com que se preocupar. Alguém pode confirmar onde você estava, certo?

Eu me virei para mamãe. — Tia Pearl não estava com você?

A voz de mamãe estava trêmula. — Acho melhor deixarmos Pearl falar por si mesma.

Aquilo significava problemas. Mamãe nunca deixava Pearl falar por si mesma se pudesse evitar.

— Tenho que ir. — Tia Pearl se virou e saiu pela porta de trás antes que eu ou mamãe pudesse dizer mais alguma coisa.

Mamãe suspirou. — Ela está fora de si, Cen. Tenho medo do que fará a seguir. Quando ela inventa alguma coisa, não há nada que a detenha.

A cruzada antiturismo de tia Pearl também me assustava. Ou ela levara as coisas longe demais ou alguém queria incriminá-la. Mas quem faria isso?

CAPÍTULO 6

Tia Pearl voltou tão depressa quanto partira, mas não deu explicação nenhuma para a partida súbita. Ela observou em silêncio enquanto eu limpava os restos de repolho e mamãe transferia a salada para tigelas grandes de vidro. Graças à tia Pearl, tínhamos legumes o suficiente para alimentar uma fazenda de coelhos por um ano.

— Vou para o andar de cima para limpar. — Tia Pearl se virou e caminhou na direção da porta.

— Agora? — Mamãe olhou para ela.

Eu e mamãe trocamos olhares de preocupação.

Tia Pearl a ignorou e bateu a porta atrás de si.

Meus sentidos se ouriçaram ao pensar em tia Pearl indo sozinha para o andar de cima. Portanto, eu a segui para fora da cozinha, mantendo distância suficiente para que ela não percebesse minha presença. Ela subiu a escada de carvalho enorme em direção aos quartos do segundo e do terceiro andar.

Esperei até que ela chegasse ao segundo andar antes de subir a escada. Eu me encolhi quando a escada rangeu, mas tia Pearl pareceu não notar. Cheguei ao segundo andar e fui atrás dela pelo corredor a uma distância segura. Ela parou em frente ao quarto de

Tonya Plant no fim do corredor e tirou um chaveiro grande do bolso.

O carrinho de limpeza de tia Pearl já estava estacionado no corredor do lado de fora do quarto. Eu duvidava que os planos dela incluíssem algum tipo de limpeza. Eu precisava detê-la antes que se metesse em mais encrencas.

— Tia Pearl, o que está fazendo? — Meu sussurro foi quase estridente.

— Limpando o quarto de Tonya, é claro. — Ela se virou para me encarar. — Por falar nisso, você é uma péssima investigadora. Eu sabia o tempo inteiro que estava me seguindo.

Ignorei o insulto. — Por que vai limpar o quarto dos Plants? Eles acabaram de chegar. — E o pobre Sebastien Plant já fora embora.

Tia Pearl sacudiu a cabeça. — Não, eu fiz o registro deles esta manhã.

Fiquei de boca aberta. — Por que não disse isso ao delegado? Você não corrigiu mamãe quando ela falou que eles ainda não tinham chegado.

Ela deu de ombros. — Não é nada demais. Eu só não queria que Ruby parecesse idiota na frente do delegado.

— É uma coisa importante. Desde quando você se preocupa com os sentimentos dos outros? — Ela estava mentindo e eu sabia disso. — Você está cobrindo a si mesma.

— Ok, talvez um pouco. Esqueci de preencher toda a papelada e não queria que Ruby ficasse brava comigo. Os Plants chegaram por volta de uma hora da manhã. Sebastien estava muito bêbado e mal conseguia ficar de pé, portanto, eu os coloquei rapidamente em um quarto. Eu os recebi. — O chaveiro de tia Pearl fez barulho quando ela destrancou a porta de Tonya Plant. Ela tirou um par de luvas de látex do carrinho e estalou os pulsos ao colocá-las.

— Você deveria ter dito alguma coisa. Se o delegado soubesse, tenho certeza de que teria inspecionado o quarto. É uma possível cena de crime. Fique aqui que vou buscá-lo.

— Ora, relaxe, Cendrine. O delegado Gates ainda não o chamou de cena do crime e nunca fará isso, a não ser que o ajudemos a encontrar provas. Ele nunca descobrirá por conta própria, o que significa que nunca verificará este quarto a tempo. Depende de nós. — Ela jogou um par de luvas para mim. — Coloque as luvas, não temos o dia inteiro.

— Não, espere. — Pensar em "tia Pearl" e "cena do crime" na mesma frase me deixava muito assustada. Não havia como saber o que poderia dar errado. — Isso é um erro. Você precisa parar de tentar resolver coisas como esta com as próprias mãos.

— Pare de reclamar e comece a trabalhar. Você pode tirar o lixo.

A mão de ferro de tia Pearl se fechou em meu braço e puxou-me para dentro do quarto. Gritei de dor, mas fiz o que ela queria. Não tinha escolha. As vozes de hóspedes aproximando-se ecoaram no corredor. Eles não podiam ouvir nossa discussão.

— Isso é uma péssima ideia. — Coloquei as luvas e olhei em volta do quarto. Ele não parecia mexido, exceto pela cama desfeita, apesar de mal parecer que alguém dormira nela. A bagagem do casal estava fechada dentro do armário. Um copo meio cheio de refrigerante, a chave do carro e uma carteira estavam sobre a mesinha e uma sacola vazia do Walmart em cima da escrivaninha. Exceto por isso, o quarto estava arrumado.

Nada no quarto indicava o destino de um dos ocupantes. A única coisa estranha era a lata de lixo cheia, o que parecia estranho devido à chegada recente dos Plants. Ergui a lata de lixo e esvaziei-a em um saco de lixo preto grande. Além de lenços de papel, o conteúdo incluía uma garrafa de Gatorade meio vazia e um recipiente de plástico de um galão. Amarrei o saco com um nó, decidindo mantê-lo separado do restante do lixo caso o delegado quisesse vê-lo mais tarde.

Tia Pearl me chamou. — Olhe o que encontrei. — Ela apontou para a mesa.

Dei a volta na cama para ver para o que ela olhava e quase tive um ataque do coração.

Meu desconforto por estar dentro do quarto de Tonya Plant desapareceu quando vi os planos de loteamento e o estudo de viabilidade sobre a escrivaninha. Reconheci o logotipo da Centralex Development, que era a maior loteadora de propriedades comerciais do nordeste da costa do Pacífico. Ao lado dos planos, havia uma renderização arquitetônica de um *resort*, de um hotel e de um centro de conferências. No topo, estava escrito "*Resort* de Westwick" e não deixava dúvidas de qual era o local pretendido.

As fotografias aéreas e os diagramas eram claramente da nossa propriedade. A renderização arquitetônica mostrava um prédio de vinte andares com piscinas, um campo de golfe e jardins. O Westwick Corners Inn não aparecia em lugar algum.

— Acredita em mim agora?

Assenti, ainda chocada. Alguém gastara tempo e dinheiro consideráveis para desenvolver planos que pareciam incluir a demolição de nosso hotel histórico. Eles estavam tão confiantes sobre o projeto que tinham contratado arquitetos e planejadores, provavelmente com custo de dezenas de milhares de dólares, mas não tinham nem mesmo conversado conosco, donas da propriedade. Parecia uma aposta arriscada. Também fora muito ousado da parte dos Plants ficarem em nossa propriedade no mesmo momento em que pretendiam nos expulsar.

Agora, eu realmente me arrependia de tê-los convidado. O falecido Sebastien Plant agora parecia mais inimigo do que amigo. Fiquei imaginando com que rapidez ele pretendia colocar o plano em ação. O assassinato dele assumiu uma dimensão inteiramente nova agora que o verdadeiro motivo para ter vindo a Westwick Corners ficou claro. Estremeci ao pensar que estávamos conectados, apesar de não diretamente, aos momentos finais dele na Terra.

— O progresso é uma faca de dois gumes — disse tia Pearl. — Algumas vezes, é melhor que seja invisível e ignorado.

Era a primeira vez naquele dia que concordávamos em algo. — Vamos procurar o delegado — disse eu.

Algumas semanas antes, nem conseguíamos encontrar hóspedes pagantes. Agora, nossos hóspedes estavam prontos para nos tirar o negócio. Eles o queriam tanto assim que estavam dispostos a matar?

CAPÍTULO 7

O delegado Gates entregou o quarto de Tonya aos peritos para que fosse processado, o que não a agradou. Ela ficou furiosa por não poder voltar para o quarto. O hotel estava lotado e não podíamos nem mesmo oferecer outro quarto a ela durante as horas que os investigadores trabalharam nele. A única opção de Tonya foi permanecer na sala de jantar.

Eu tinha entregado o saco de lixo do quarto de Tonya ao delegado, que o entregou aos peritos.

Eu desejei ter ignorado as ordens de tia Pearl e chamado o delegado imediatamente. Com ou sem luvas, as coisas em que tocamos no quarto dos Plants provavelmente tinham sido adulteradas como prova.

Pelo menos, os planos da Centralex não eram mais segredo. Tonya não podia mais fingir que estava simplesmente desfrutando de nossa hospitalidade enquanto tramava para demolir o hotel. A mentira não parecia perturbá-la. Pelo jeito, nada podia.

Ela ficou sentada na sala de jantar com uma fatia exagerada de bolo de chocolate e uma taça de vinho tinto. Parecia estar muito confortável, considerando a morte recente do marido.

O delegado prometera a Tonya que ela poderia voltar ao quarto logo depois do jantar, o que achei ótimo. Pelo menos, não teria que encará-la e fingir educação. No que me dizia respeito, quanto mais cedo ela saísse dali, melhor.

O delegado transformou temporariamente uma pequena sala na frente do hotel em sala particular de interrogatório. Tínhamos projetado o saguão da frente como uma área casual para que os hóspedes relaxassem, mas eu não estava nada relaxada enquanto esperava minha vez de ser interrogada.

Eu estava ansiosa para perguntar ao delegado sobre os planos de loteamento no quarto de Tonya e se eles seriam considerados no assassinato. Talvez Tonya já tivesse mencionado o verdadeiro motivo para ir para Westwick Corners, mas eu duvidava. Ela não parecia o tipo de pessoa que dava informações voluntariamente.

A cadeira ao lado da janela me dava um ponto vantajoso para ver as idas e vindas dos hóspedes. A maioria deles relaxava antes do jantar e alguns tinham ido para o *Ponto do Feitiço*, nosso bar que ficava em um prédio separado, para tomar drinques. Por sorte, o bar ficava localizado no lado oposto do hotel, assim, o caramanchão e os jardins ficavam fora de vista. Eu só esperava que a polícia mantivesse as atividades na área dos jardins.

Aquele lugar também permitia que eu fosse rapidamente para fora e redirecionasse os hóspedes que fossem na direção dos jardins e do caramanchão. Sob circunstância alguma eles podiam descobrir que acontecera um assassinato a poucos passos de onde estavam hospedados.

Fazia apenas algumas horas desde a descoberta mórbida no caramanchão, mas parecia uma eternidade. O delegado cercara a cena do crime, ou cenas, pois agora havia também o quarto de Tonya, até a chegada dos investigadores de Shady Creek. Depois de dar instruções a eles, concentrara-se no interrogatório das testemunhas. Isso incluía eu, claro, além de mamãe e tia Pearl.

O delegado Gates interrogara mamãe primeiro, que foi liberada para servir o jantar aos hóspedes. Em seguida, foi a vez de tia Pearl. Eu fiquei surpresa e agradecida ao ver que o interrogatório de minha tia durou apenas cinco minutos.

Em seguida, ele desapareceu para dar um telefonema rápido, que supus ser para os investigadores na cena do crime. Eu não conseguira conversar com tia Pearl nem com mamãe depois do interrogatório delas. Só esperava que tia Pearl não tivesse dito nada absurdo nem incriminador.

Sorri quando ele se aproximou e sentou-se à minha frente. — Espero que possamos terminar isso rapidamente.

— Faremos o possível.

— Podemos ficar aqui? Quero ficar de olho nos hóspedes.

Ele assentiu.

Olhei pela janela da frente e fiquei alarmada ao ver a van branca dos investigadores de Shady Creek estacionada perto da entrada do hotel. O emblema da Polícia de Shady Creek estava totalmente visível, bem como as letras pretas logo abaixo que diziam "Investigação". A van da médica legista, também branca, estava parada logo ao lado.

O que eu diria se os hóspedes percebessem e fizessem perguntas? A última coisa de que precisávamos era uma cena. Pelo menos, não havia imprensa local, principalmente porque o meu jornal era a única imprensa que existia na cidade. A morte de Plant era importante o suficiente para, em algum momento, atrair a atenção dos repórteres de Shady Creek, mas eu esperava que a noite e o início do fim de semana retardassem a cobertura da imprensa pelo menos até o dia seguinte, quando talvez houvesse algumas respostas.

Tyler seguiu meu olhar. — Eles precisaram chegar mais perto por causa de alguns equipamentos. Diga apenas que pararam para comer no *Ponto do Feitiço* se alguém perguntar.

— Boa ideia. — Talvez eu precisasse, pois um sedã preto brilhante acabara de parar no estacionamento. Um casal saiu do veículo e tirou a bagagem do porta-malas. Em seguida, passaram pelas vans da médica legista e dos investigadores, parecendo não notá-las. Pelo menos, era um bom sinal.

— Agora, conte-me tudo o que aconteceu, passo a passo, até o momento em que descobriu o corpo. — Era fácil ficar perdida nos olhos castanhos de Tyler Gates. Fácil demais. Forcei-me a me concentrar no que tinha que fazer.

Recontei os eventos, omitindo a discussão com tia Pearl. — Estávamos prestes a irmos para nossos lugares quando descobrimos o corpo. — Parecia que ele perguntava as mesmas coisas repetidamente. No entanto, percebi que provavelmente era uma tática de interrogatório.

Estremeci quando a ficha finalmente caiu. Lá estava eu, no meio da maior história que já aconteceu em Westwick Corners e, em vez de conseguir um furo de reportagem, estava sendo interrogada por causa de um crime grave. Eu não sabia ao certo se era considerada testemunha, suspeita ou ambos. Só sabia que meu envolvimento prejudicava muito conseguir a história completa.

— Alguma ideia de por que os Plants escolheram Westwick Corners como destino para uma estadia? Westwick Corners não é exatamente a Riviera francesa.

O comentário de Tyler Gates normalmente me teria deixado irritada, mas ele soou como se não fosse culpa nossa de sermos uma cidadezinha pequena e provinciana.

— Nós os convidamos a cerca de seis meses — respondi. — Eles nunca responderam, portanto, supus que não estavam interessados. Nem em um milhão de anos eu acharia que eles aceitariam o convite. Mas finalmente aceitaram. Do nada, há apenas duas semanas, sem explicação nenhuma sobre a demora.

— Entendo. — Um sorriso leve brincou em seus lábios enquanto ele fazia mais anotações. — Diga-me o que sabe sobre Sebastien Plant.

— Nada mais do que a maioria das pessoas sabe. Ele fundou a Travel Unraveled e tornou-se bilionário. Tínhamos a esperança de que ele visse o potencial do Westwick Corners Inn e talvez o mostrasse em seu programa de televisão. — Eu contei a ele sobre os planos arquitetônicos no quarto dos Plant. — Não estávamos bisbilhotando, mas não pudemos deixar de ver os planos, pois foram deixados à plena vista sobre a escrivaninha. A única coisa que queríamos era um pouco de publicidade, não que eles comprassem o lugar.

— Tem certeza de que ninguém de sua família teve alguma conversa com ele? Talvez alguém tenha feito uma proposta?

Balancei a cabeça negativamente. — Com certeza, não. Passamos meses em reforma. Não investimos nosso dinheiro e suor para que o lugar fosse demolido e desse espaço a uma monstruosidade de concreto. — Levantei rapidamente quando dois homens tiraram uma maca da van da médica legista. — Espero que não carreguem o corpo pelo jardim e pelo estacionamento à vista dos hóspedes.

— Receio que não haja outra alternativa. — Ele acenou para que eu me sentasse. — Continue com a sua história.

Eu obedeci. — Não há muito mais a contar. É óbvio agora por que os Plants aceitaram nosso convite. Eles estavam de olho na nossa propriedade.

— Eles fizeram uma oferta?

— Não, ainda não. Suponho que o assassinato de Sebastien talvez tenha mudado os planos. De qualquer forma, não vamos vender.

— Hmmm.

— Você acha que os planos estão relacionados de alguma forma ao assassinato?

— Talvez.

— Que desastre. — Passei as mãos pelos cabelos. — Receberemos muita publicidade agora, mas do tipo errado. Ninguém quer passar férias em um lugar em que alguém foi assassinado.

— As pessoas esquecem depois de algum tempo.

— Não, aqui elas não esquecem. — Entre o incêndio de tia Pearl e o assassinato de Sebastien Plant, a taxa de crimes de Westwick Corners fora às alturas em menos de um dia. Nossa cidade estava rapidamente caindo para um lugar sem lei e eu estava com medo do que poderia acontecer em seguida.

Contei tudo o que eu sabia ao delegado, incluindo meu paradeiro desde cedo até a chegada ao caramanchão no começo da tarde. — Não há nada mais que eu possa lhe dizer, além do fato de que literalmente tropeçamos no corpo de Sebastien Plant. — Estremeci ao me lembrar de cair sobre o corpo macio, mas estranhamente rígido.

Ele permaneceu em silêncio por vários minutos enquanto escrevia no bloco.

Quanto mais tempo o delegado Gates passasse na investigação e no hotel, maior a probabilidade de que descobrisse o segredo de nossa família. Mas, por enquanto, ele não estava ciente do fato de sermos bruxas e eu pretendia que continuasse assim. Aquilo não me dava outra opção além de me envolver na investigação para resolver o caso o mais cedo possível.

— Sebastien Plant e a esposa dele, Tonya, só deveriam chegar mais ou menos agora. Mas, como tenho certeza de que tia Pearl lhe contou, eles chegaram, na verdade, por volta de uma hora da manhã. Ela fez o registro deles.

Tyler Gates estreitou os olhos. — Ela não falou nada sobre isso. Mais alguma coisa?

Afastei um cacho de cabelos da frente dos olhos. — Há quanto tempo ele está morto?

Ele deu de ombros. — A médica legista determinará isso, mas imagino que pelo menos algumas horas antes de você encontrá-lo. Provavelmente aconteceu esta manhã, antes do meio-dia.

— Certamente alguém o viu na propriedade. — Eu me arrependi daquelas palavras assim que elas saíram da boca. Ninguém sabia o paradeiro de minha tia antes que chegasse ao meu escritório naquela manhã e ela parecia ser a única que sabia que os Plants tinham chegado ao hotel. — Alguma outra pista?

— Não vamos divulgar nenhuma informação no momento. — Os olhos castanhos subitamente ficaram frios. — Eu sei que você quer uma história, mas não posso lhe dar nenhum detalhe.

— Nada? — O assassinato de Sebastien Plant era o segundo assassinato na história de Westwick Corners e o primeiro da minha vida. Era a história que eu estivera esperando, a coisa mais importante que acontecera no passado recente. Era também muito mais do que uma história local, pois a vítima era um magnata e uma celebridade. Eu queria o furo de reportagem antes do *The Shady Creek Tattler*.

Ele balançou a cabeça negativamente. — Lamento, ainda não.

— Está bem. Avise-me se eu puder ajudar de alguma forma. — Eu não tinha a menor intenção de ficar de lado. Enquanto ele conduzia a investigação oficial, eu faria uma não oficial. Era horrível que um assassinato tivesse acontecido em nossa propriedade e eu queria que ele fosse solucionado rapidamente.

Ele guardou o bloco no bolso do casaco e levantou-se. — Procurarei você se eu tiver mais alguma pergunta.

— Mas eu gostaria de entrevistar você para o jornal.

— Você sabe onde me encontrar. — Ele sorriu e, apesar de tudo, sorri de volta.

CAPÍTULO 8

Depois de ajudar mamãe com a bagunça que tia Pearl fizera na cozinha, voltei para a sala de jantar, que começara a se encher de hóspedes. O delegado Tyler Gates ainda estava lá, com o bloco e vários papéis espalhados sobre a mesa ao lado de uma xícara de café.

Fiquei preocupada de os hóspedes se perguntarem por que o delegado estava lá. A janela atrás dele emoldurava uma vista panorâmica do estacionamento, onde os veículos da polícia de Shady Creek ainda estavam parados. Eu esperava que os peritos fossem rápidos e discretos, mas parecia que isso não aconteceria.

Nossos olhos se encontraram e ele acenou para que eu me aproximasse.

Senti uma pontada de culpa. O que eu considerava uma confusão e uma inconveniência era o fim da vida do pobre Sebastien Plant. Eu nunca o encontrara pessoalmente e subitamente perguntei-me onde estava Tonya Plant. A mesa a que ela se sentara mais cedo estava vazia, mas eu duvidava que o quarto dela já tivesse sido liberado pela polícia. O delegado Gates já devia tê-la interrogado. Fiquei imaginando se ele sabia onde ela estava.

Olhei para fora quando ele acenou para que eu me sentasse. Ainda não havia sinal do carro de Brayden no estacionamento. Fiquei preocupada, pois ele nem telefonara. E se alguma coisa tivesse acontecido com ele? Quando terminasse com o delegado, eu o procuraria.

Voltei a atenção novamente para Tyler Gates. Apesar de ele fazer o possível para permanecer impassível, achei ter detectado um rastro de preocupação.

— Diga-me novamente o que aconteceu. Por que exatamente você estava no caramanchão?

— Para o ensaio do casamento. — Meus olhos ficaram presos aos olhos cor de chocolate dele. Tentei afastar o olhar, mas fui atraída pelos olhos castanhos mais ardentes que já vira. Não pude evitar. Eu estava hipnotizada, mesmo sendo interrogada.

Senti uma pontada de culpa por me sentir atraída por um homem que não era meu noivo.

Senti um nó na garganta.

— Ahã. — O delegado Tyler Gates escreveu no bloco. — Certo. Então, você, Pearl, Ruby e Brayden estavam no caramanchão. Mais alguém?

— Ahm, não. — Senti o rosto quente. — Brayden não estava lá.

Tyler Gates ficou de boca aberta. — O noivo perdeu o ensaio do próprio casamento?

— Ele se atrasou.

— Entendo. — Ele escreveu alguma coisa no bloco. — A que horas ele chegou no caramanchão?

— Ele não chegou. — Ocorreu-me, pela primeira vez, que, como prefeito, Brayden era o patrão de Tyler Gates. Era óbvio que o delegado sabia que Brayden não estava lá. Ele não estivera no caramanchão e o carro dele não estava no estacionamento.

Tyler Gates ergueu as sobrancelhas.

— Ele não apareceu para o ensaio do casamento. — De uma forma estranha, eu me senti vingada. Alguém além de mim estava questionando as prioridades de Brayden. Mas isso não me impediu de me sentir horrível. Na visão de Brayden, eu era menos importante que uma reunião na prefeitura.

— Isso é interessante. — Ele escreveu alguma coisa no bloco.

Outras palavras surgiram na minha mente, mas não eram tão suaves.

— Eu sei o que parece, delegado Gates. Mas a reunião dele atrasou e... — Minha voz sumiu quando percebi a enormidade da situação. — Ele é o prefeito. Seria ruim para a imagem dele se saísse da reunião antes que terminasse.

Ele ergueu o olhar do bloco e estudou-me, mas não disse nada. Como técnica de interrogatório, era algo muito efetivo, pelo menos em mim.

— Em que reunião ele estava?

— A reunião semanal sobre crimes, acho. — Meu rosto corou.

O delegado Gates fez mais algumas anotações quando os cantos da boca se erguerem bem de leve. — Você quer dizer a reunião semanal de vigilância contra o crime? Ela foi cancelada.

— Ah. — É claro que Tyler Gates saberia sobre uma reunião em que o prefeito e o delegado deveriam estar. Brayden mentira para mim. Senti o rosto queimando de raiva e constrangimento.

Mas, se a reunião fora cancelada, por que Brayden não aparecera?

O rastro de um sorriso surgiu nos lábios de Tyler Gates. Nem mesmo o delegado me levava a sério. Eu tinha que admitir que realmente soava idiota. Minha vontade era de explodir com Brayden.

A expressão dele ficou ligeiramente mais suave. — Tenho certeza de que Brayden teve algum imprevisto. E pode me chamar de Tyler. Esta cidade é pequena demais para sermos formais.

Eu não queria inventar desculpas para Brayden, mas achei que minhas palavras precisavam ser esclarecidas. Não queria que o delegado tivesse a impressão de que Brayden me deixara na mão. — Não era o ensaio final. Ruby, minha mãe, é um tanto perfeccionista. Hoje seria o ensaio antes do ensaio. — Não justificava a ausência de Brayden, mas era uma distinção importante.

— Entendo.

Não achei que ele entendesse. — Mamãe se preocupa demais. Um pré-ensaio só garante que as coisas deem certo sem apresentar problema algum.

— Certamente não foi o caso aqui. Quando será o casamento?

— Daqui a duas semanas. — Olhei para o relógio. — Delegado... quero dizer, Tyler... a inauguração oficial do hotel será daqui a uma hora, quando o jantar for servido. Sei que é a cena de um crime e tal, mas você sabe quando ela será processada?

Tyler mordeu o lábio inferior ao considerar a situação. — Só mantenha os hóspedes longe do jardim pelas próximas duas horas. A médica legista e os peritos deverão acabar em breve. Já pedi a eles que fossem discretos.

Ele se levantou. — Mais uma coisa. Terei mais perguntas para você e sua família depois que eu conversar com os investigadores de Shady Creek. Precisarei falar com você, Pearl e Ruby, pois foram as pessoas que encontraram o corpo. Chamarei você mais tarde.

Aquilo me daria tempo para enfiar um pouco de juízo em tia Pearl. O fato de o delegado não a manter sob vigilância indicava que ele não a considerava suspeita. No entanto, sendo Pearl, ela certamente diria algumas coisas incriminadoras.

CAPÍTULO 9

Depois do jantar, conduzimos os hóspedes para o *Ponto do Feitiço* para oferecermos bebidas. Com sorte, aquilo os manteria ocupados até que escurecesse e a polícia terminasse o trabalho no caramanchão. Quanto mais cedo a polícia encerrasse a coleta de provas, melhor. Eu estava preocupada que os hóspedes resolvessem passear pela propriedade, pois não havia muito a fazer na cidade à noite. Seria desastroso se tropeçassem na cena do assassinato.

Por volta de sete da noite, limpamos as mesas e lavamos as louças. Fui para o lado de fora e fiquei aliviada ao ver vagas vazias no estacionamento onde antes estavam as vans da médica legista e da polícia de Shady Creek. O SUV do delegado também desaparecera e, na vaga dele, estava a BMW preta de Brayden.

Fiquei aliviada e brava ao mesmo tempo. Brayden já devia ter ouvido falar do assassinato, mas não telefonara nem me procurara para ver se eu estava bem. Até mesmo as obrigações de bartender em meio expediente eram mais importantes que minha segurança e meu bem-estar.

Meu coração deu um salto quando olhei na direção do jardim e vi a fita amarela da polícia enrolada em volta do caramanchão. Fiz uma anotação mental para telefonar para o delegado e perguntar se ela poderia ser removida antes do amanhecer.

Em apenas um dia, parecia que minha vida inteira mudara. Tínhamos aberto o hotel depois de meses de muito trabalho apenas para enfrentar o assassinato trágico de um hóspede e a possível ruína financeira. O noivo estivera ausente no ensaio do meu casamento e ter que explicar a ausência de Brayden para o delegado me fez repensar o casamento e nosso relacionamento. Casar-se não deveria ficar em segundo lugar, mas era como eu me sentia no mundo de Brayden. Eu nunca seria a primeira.

E havia Tyler Gates. Eu estava atônita com a atração que sentia por ele. Além da aparência dele, eu sentia uma química profunda, algo que nunca sentira com Brayden. Mas aquilo era ridículo, pois eu nem o conhecia.

Eu me vi desejando que ele ficasse por algum tempo e não apenas para manter a lei e a ordem. Mas e se ele ficasse?

Tia Pearl tinha razão sobre uma coisa. A não ser que eu me importasse o suficiente para mudar as coisas, nada aconteceria. Ela quisera dizer que eu deveria usar a magia, mas isso se aplicava a todas as áreas da minha vida, incluindo a vida amorosa. Eu era responsável pela minha felicidade e dependia de mim mudar minha vida. Andei em direção ao *Ponto do Feitiço*, perdida em pensamentos.

O bar funcionava havia anos, mas não tinha muito movimento. Naturalmente, eu queria garantir que nossos hóspedes estivessem divertindo-se, mas também queria ter uma palavrinha com Brayden. Eu era apenas uma coisa secundária na vida dele? Quanto mais pensava nisso, mais furiosa ficava.

O bar ficava em um prédio separado ao lado da rua circular em frente ao hotel. Atravessei a rua e saboreei o ar fresco da noite. Uma brisa leve soprava das colinas e o riacho sussurrava a cerca de trinta metros de distância. A mãe Natureza não parecia se importar com os eventos trágicos de poucas horas antes.

O ar livre pareceu me dar uma nova perspectiva sobre as confusões de tia Pearl. Ela não estava feliz com visitantes na cidade, mas acabaria aceitando. Só precisávamos envolvê-la mais, de uma forma que não perturbasse os visitantes. Poderíamos usar nossos talentos discretamente para ajudar o delegado a solucionar o assassinato de Sebastien Plant. Eu só precisava manter tia Pearl sob minhas vistas para que ela não deixasse as coisas piores.

Ela parecera intrigada com o bilhete. Talvez pudesse me ajudar a decifrá-lo. Eu guardara o texto na memória porque parecia que fora escrito por alguém local ou, pelo menos, por alguém que quisera parecer local. Senti um nó na garganta ao relembrar o poema. Eu o vi claramente, lembrando-me de como ele descrevera com precisão os sentimentos de tia Pearl:

EMBORA ANDES deveras em tuas rondas,
É melhor que corras e que te escondas,
Nas viagens construíste todo um mundo,
Mas teu fim pode chegar em um segundo.

AQUI NÃO HÁ negócio em que estejas,
Não beberás mais das nossas cervejas,

DEIXA WESTWICK CORNERS SEM DEMORA,
Enquanto ainda podes, vai embora.

NÃO TOQUES em nossa terra e nesta cidade,
Se falhares em aceitar essa verdade,
Serás pois perseguido, ouve este aviso,
Com o corpo já inerte e inciso.

A AMEAÇA PARECERA DIRECIONADA a Sebastien Plant, mas, como tia Pearl observara mais cedo, não fazia sentido ameaçar alguém que já estava morto, supondo que o assassinato fora premeditado. O bilhete tinha como objetivo espantar Tonya Plant? Nesse caso, ele apontava para alguém contrário ao loteamento em Westwick Corners.

Exceto que ninguém, além de mim e de tia Pearl, ficara sabendo sobre os planos secretos de loteamento dos Plants. Eu vira os planos somente depois do assassinato. Supostamente, tia Pearl também.

Talvez, em vez de uma pista, o bilhete se destinava a desviar a investigação.

Parei de andar ao visualizar o bilhete. Eu não me dera conta do estilo de escrita, prova suficiente de que ele fora deixado por alguém de fora para desviar a culpa para alguém local, como tia Pearl. Aquela mesma pessoa, sem dúvida, manchara a varinha dela de sangue. No entanto, eu não tinha provas disso e, sem elas, minha teoria soaria exagerada, como se estivesse procurando alguma forma de livrar minha tia. Mas como eu poderia chegar ao fundo daquilo sem a cooperação de tia Pearl?

Balancei a cabeça e andei na direção do bar. Era possível ouvir as vozes no interior e isso me deixou mais animada. Eu esperava que a inauguração do Westwick Corners Inn trouxesse bastante clientes extras para o *Ponto do Feitiço*.

Não fiquei desapontada. Além de o bar estar repleto de atividade, todas as pessoas estavam de pé. Alguns residentes tinham até mesmo subido a colina para se misturar aos hóspedes. Oficialmente, estavam lá para expressar apoio ao nosso novo negócio, mas, na realidade, era para fofocar sobre os hóspedes de fora da cidade.

Nunca acontecia muita coisa em Westwick Corners, mas, surpreendentemente, os residentes pareciam não saber sobre o assassinato. Fiquei grata pelo fato de o delegado Gates e a polícia de Shady Creek terem sido discretos. Além da polícia, somente eu, tia Pearl e mamãe sabíamos. Eu queria manter as coisas assim, pelo menos naquela noite, enquanto os residentes confraternizavam com os hóspedes pagantes.

Eu também queria divulgar a história em primeira mão no *The Westwick Corners Weekly*. Era raro eu conseguir um furo de reportagem antes que os rumores se espalhassem. No dia seguinte, haveria mais detalhes e, com sorte, algumas pistas. Qualquer vazamento antes disso só espantaria os hóspedes e arruinaria a reputação do hotel.

Como o *Ponto do Feitiço* era um dos dois únicos restaurantes e o único bar da cidade, normalmente recebíamos uma multidão razoável nos fins de semana. Mas o movimento daquela noite era o maior que eu já vira e a casa estava cheia. Provavelmente, pagaria nossas contas por um mês inteiro, talvez mais.

Vi Brayden atrás do bar. A maioria dos residentes precisava de vários empregos para conseguir pagar as contas e Brayden não era exceção. Ele trabalhava no bar durante os fins de semana. Fiquei aliviada ao vê-lo ocupado atendendo a pedidos de bebidas, mas desapontada por ele levar o emprego em meio expediente mais a sério do que a mim. Eu ainda estava furiosa pela ausência dele mais cedo, mas, pelo menos, não teria que substituí-lo no bar.

— Cen! — Brayden acenou e abriu um sorriso alegre para mim. — Precisamos conversar.

Claro que precisávamos, mas eu imaginava que os assuntos seriam diferentes. — Você não apareceu para o ensaio do seu próprio casamento, Brayden. Como pôde?

— Ai, Cen, dê um tempo. Aconteceu algo importante e não pude sair da prefeitura. — Ele deu de ombros. — Não foi nada demais, certo? O ensaio de verdade será daqui a alguns dias. — Ele se virou e acenou quando dois fazendeiros locais se sentaram na outra extremidade do bar.

— Você acha que é tudo uma grande brincadeira, não é? — Senti o rosto quente enquanto lutava para me acalmar.

— É claro que não. — Ele passou o braço sobre o meu ombro. — É só que você e sua mãe costumam exagerar nos planos.

— Exagerar? — As coisas eram sempre assim, pois Brayden nunca planejava nada. Eu tinha que fazer tudo. Provavelmente, eu compensava em excesso a espontaneidade de Brayden, pois os planos dele nunca pareciam dar certo. Ele era um sonhador, não um realizador. — Você não precisa fazer nada além de aparecer. Você sabe como é complicado planejar um casamento?

— Relaxe, Cen. Entendo tudo o que você faz, mas dois ensaios é um pouco demais. Só achei que o primeiro ensaio não era tão importante assim.

— Foi muito importante. Nosso hóspede VIP, Sebastien Plant, foi assassinado no caramanchão. Teria ajudado se você tivesse aparecido algumas horas mais cedo. — Pelo menos, fomos nós, e não um hóspede, quem descobriu o corpo.

— Eu não teria evitado o assassinato, Cen. Ouvi a história toda do delegado Gates. Ele chegou depressa, não foi? — Brayden colocou um descanso de copo e uma taça de vinho tinto à minha frente.

Olhei fixamente para a taça, percebendo que Brayden estava tentando fazer as pazes. Normalmente, agora que ele era o prefeito, preferia que eu tomasse bebidas não alcoólicas. Eu preferia vinho. Obviamente, ele estava tentando suavizar as coisas para evitar uma briga.

— Sim, mas teria sido bom ter sua ajuda para lidar com a situação. Um cadáver não é exatamente uma coisa boa para nossa inauguração. — Lembrei-me do encontro com o delegado Tyler Gates e senti meu coração dar um salto. Aquele corpo musculoso e os olhos castanhos cor de chocolate...

— Cen?

— Hã?

— Cheguei aqui assim que pude.

— Você chegou três horas atrasado. Desde quando reuniões na prefeitura vão até sete e meia da noite? — Não esperei a resposta dele. — E o que era mais importante do que um assassinato na casa da sua noiva?

Ele deu de ombros. — O trânsito estava ruim.

— Que trânsito? Todos da cidade já estavam aqui. Menos você. — Não havia tráfego em Westwick Corners, especialmente desde que a pirotecnia de tia Pearl na placa da estrada nos deixara invisíveis aos motoristas que passavam. A ausência de Brayden só piorara meu nervosismo pré-casamento e fez com que eu reavaliasse nosso relacionamento. Pela primeira vez, percebi que, apesar de Brayden me amar, eu sempre seria um segundo lugar distante nos planos e ambições dele. Brayden me considerava mais como uma assistente do que uma parceira. Eu não percebera isso até aquele momento.

— Ora, Cen, vamos. Não posso simplesmente sair do trabalho sempre que sua mãe quer.

— Mas ela nos avisou há semanas. Você prometeu que estaria lá. — Os convites do casamento já tinham sido enviados, o menu estava preparado e o local, organizado. Desistir ou adiar o casamento destruiria Brayden. Ele também era muito popular como prefeito, portanto, todos na cidade provavelmente se virariam contra mim. Por outro lado, eu não poderia viver uma mentira. Como um homem que eu conhecera menos de vinte e quatro horas antes conseguira gerar tantas dúvidas sobre o meu futuro?

— Eu tinha uma reunião em Shady Creek, ok? O trânsito estava ruim na estrada, mas estou aqui agora. — Ele sorriu e virou-se para encher dois copos. — Ser prefeito não é apenas em horário comercial, Cen. Eu vim assim que pude.

— Está bem. — Meu trabalho também não era apenas em horário comercial, mas eu não o usava como desculpa. Era típico de Brayden minimizar meus sentimentos e sugerir que, de alguma forma, a culpa fora minha. E que o trabalho dele era mais importante que o meu.

Brayden fora o único homem que eu namorara, mas parecia que eu não o conhecia mais de verdade. Eu sempre supusera que Brayden e eu deveríamos ficar juntos e nunca pensei muito em outros homens.

Correção. Obviamente eu pensara neles. Algumas vezes, até me sentira atraída por eles. Mas isso era mais do que apenas uma atração física. Eu me sentia atraída por Tyler Gates de uma forma que nunca sentira. Eu não conseguia dizer exatamente o que era, mas estava lá.

Como todos os delegados antes dele, Tyler Gates obviamente tinha algum problema, caso contrário, teria conseguido um emprego que pagasse melhor em uma cidade maior. Eu o achava interessante simplesmente porque havia algo faltando no meu relacionamento com Brayden.

Lá estava eu, prestes a cometer o maior erro da minha vida por causa de um homem que nem conhecia. Além de Brayden, Tyler Gates era o único homem da cidade que não vivia às custas do governo. Ele só parecia legal porque, subitamente, tudo parecia errado com Brayden. — Você deveria ter chegado mais cedo. Estou cansada de você não me dar valor.

Brayden correu a mão pelos cabelos perfeitamente penteados. — O serviço público envolve sacrifícios pessoais, Cen. O trabalho vem em primeiro lugar. Discutimos isso tudo quando me candidatei para prefeito.

Eu não me lembrava de ter discutido nada parecido. — O que, exatamente, é mais importante que eu?

Brayden ergueu as mãos exasperado. — As coisas não são tão simples, Cen. Sabe que não posso discutir negócios confidenciais da cidade com você.

Além da namorada de Brayden, eu também era a imprensa. Brayden tinha razão, nada permanecia em segredo em Westwick Corners por muito tempo. — O trabalho vem antes do nosso casamento? Você também não aparecerá na cerimônia?

Brayden revirou os olhos. — É claro que sim, mas, às vezes, preciso tomar decisões difíceis.

— Um assassinato e você nem pôde aparecer?

— Você não pode esperar que eu soubesse disso. — Ele colocou dois copos de cerveja clara na frente dos fazendeiros. Em seguida, virou-se para mim.

— Você disse mais cedo que o delegado lhe contou tudo imediatamente. — O que poderia ser mais importante do que um assassinato no primeiro dia do emprego do delegado? Alguma coisa nas prioridades de Brayden era mais importante que assassinato.

Havia uma primeira vez para tudo.

Eu não repensara o casamento com Brayden até aquela tarde e perguntei a mim mesma se não estava ficando louca. — Não discutimos nada. Você decidiu o queria, como sempre faz. Para variar, eu gostaria de ter sido parte do que você queria. — Minha voz se ergueu acima da música e algumas cabeças se viraram para mim.

— Conversaremos sobre isso depois. — Brayden baixou o olhar e concentrou-se em preparar um martíni.

Eu fiquei furiosa. Brayden fora eleito prefeito apenas alguns meses antes e, por isso, eu deveria me acalmar. Por outro lado, ser prefeito sempre fora um emprego de meio expediente.

Westwick Corners tinha menos de mil moradores, mas Brayden adotara a nova função com gosto, pois a vira como um degrau para coisas maiores. Ser prefeito abria portas e permitia que ele tivesse contato com políticos estaduais e federais.

Mas eu não pretendia deixar que ele me dispensasse. Ele precisava responder aos eleitores, incluindo eu mesma. — Não, quero conversar agora.

Mas Brayden já estava longe demais para ouvir, na outra extremidade do bar, enchendo copos.

Tia Pearl tinha razão. Brayden realmente não me dava valor e eu estava cansada disso. Nós nos conhecíamos praticamente desde a infância, mas eu nunca me sentira ligada a ele. As ambições políticas de Brayden eram mais importantes do que nosso relacionamento e até mesmo das necessidades de nossa pequena cidade que ele deveria representar.

Coloquei a taça pela metade sobre o bar e levantei-me. Meia dúzia de hóspedes dançava ao som de uma música *country* que saía dos alto-falantes.

Meus pensamentos voltaram para o assassinato de Plant e minha história. Ocorreu-me que era quase impossível relatar objetivamente um crime que acontecera em nossa propriedade. Talvez fosse uma dica do que aconteceria no futuro, pois também seria impossível a independência jornalística depois que eu me casasse com o prefeito.

Excelente.

Eu teria que desistir do jornal e do meu trabalho.

A última coisa que eu queria era me tornar uma esposa política, apoiando o marido e sem vida própria. Eu realmente amava Brayden ou apenas me sentia confortável com ele? Eu ficara tão envolvida com as expectativas das outras pessoas que não sabia a resposta.

Minha atração por Tyler Gates não era nada além de física. Mas era uma atração que eu nunca sentira por Brayden e algo que me agradara. Queria senti-la novamente.

Mas não importava que sentimento era aquele, eu precisava parar e resolver as coisas. Todos ficariam desapontados, mas já desperdiçara tempo demais tentando agradar a todos, exceto eu mesma. Fui na direção de Brayden na extremidade do bar. Ele terminara de servir as bebidas e limpava o balcão.

Respirei fundo. — Sobre o casamento, eu...

Ele beijou meu rosto. — Você leu minha mente. Temos lugar na lista de convidados para o governador e a esposa dele? É uma excelente oportunidade para conhecê-los melhor.

Aquilo só confirmou minhas suspeitas de que meus sonhos sempre seriam secundários na escalada social e nas ambições políticas de Brayden. Eu teria que cortar minha magia. Bruxas eram as piores coisas para carreiras políticas e as aspirações de Brayden eram muito maiores do que Westwick Corners. Ele planejava ser governador um dia.

Nada de histórias, nada de magia, nada de amor.

Nenhum futuro juntos. Por que eu demorara tanto tempo para ver isso?

— Não. — Eu não tinha tempo para uma discussão. Precisava trabalhar no hotel.

— O que quer dizer, não? Não podemos acomodar mais duas pessoas?

Eu suspirei. Brayden sempre via as coisas do próprio ponto de vista, não do nosso. Eu esperaria até a manhã seguinte para lhe dizer que o casamento seria cancelado.

— Agora não. — Vi tia Pearl com o canto do olho. Ela usava o agasalho Adidas cinza de 1970, que reservava para aventuras atléticas. Ignorei as objeções de Brayden e segui-a até o lado de fora. Ela ia na direção do caramanchão e, sem dúvida, de problemas.

— Tia Pearl, mamãe precisa de você lá dentro.

Ela se virou e encarou-me. Em seguida, estreitou os olhos e disse algo que não consegui entender. — Pode repetir?

Ela fez uma cara de desprezo e mudou de direção. Eu a segui em direção aos degraus da frente do hotel. Senti um puxão no braço e virei-me, vendo Brayden ao meu lado. Fiquei alarmada por ele ter me seguido. Isso significava que não havia ninguém cuidando do bar.

— O que deu em você ultimamente? — Ele segurou meu outro braço e nós nos encaramos. — Você não é mais a mesma.

— Eu não mudei, mas você sim. Se não tem tempo para mim agora, o que acontecerá quando nos casarmos? — Eu me afastei dos braços dele e procurei minha tia no jardim. Ela desaparecera.

— Não é isso, é só que ando muito ocupado agora e...

— Chega de desculpas, Brayden. — Virei-me na direção do jardim.

— Ora, Cen, vamos. — Brayden ficou parado com os braços cruzados.

Esperando que eu fosse até ele.

— Conversaremos amanhã. — Eu meio que esperara que ele me seguisse, mas provavelmente seria melhor se isso não acontecesse. Eu não sabia como nem quando lhe diria, mas, subitamente, tudo ficara muito claro. Eu não me casaria com Brayden Banks.

E ele não gostaria disso nem um pouco.

CAPÍTULO 10

Segui tia Pearl pelo gramado e o caminho até o jardim de rosas. Como eu temia, ela fizera um desvio para o caramanchão. Eu estremeci. Os planos dela certamente envolviam repelir os turistas, mas ela estava prestes a se incriminar mais ainda ao fazer isso. Uma cena de crime em nossa propriedade já era horrível o suficiente, mas uma cena de crime adulterada era muito pior. Especialmente se fosse adulterada por uma bruxa.

— Tia Pearl, espere! — O passo dela era mais rápido do que um corpo normal de setenta anos conseguia aguentar e eu soube que havia magia envolvida. Mesmo na pouca luz da noite, vi o galão de gasolina na mão dela. Comecei a correr e cheguei ao lado dela a poucos passos da fita amarela da polícia. — Largue essa lata.

— Quero ver me obrigar a isto. — Ela sorriu, colocou a lata no chão e enrolou as mangas do agasalho.

Eu não tinha outra opção além de responder com um pouco da minha própria magia. Estávamos a poucos passos dos degraus do caramanchão e a um milissegundo do desastre.

Fosse sorte ou instinto, eu fiz com que ela parasse e desintegrei a lata de gasolina.

Tia Pearl soltou uma exclamação.

Olhamos em silêncio para a nuvem residual de fumaça.

O desastre fora evitado, pelo menos por enquanto. — Você não pode destruir a cena do crime, tia Pearl. E é tarde demais para destruir alguma coisa. A polícia já coletou as provas.

Ela se virou e encarou-me. — E você não pode andar por aí destruindo as coisas das outras pessoas, Cendrine. — Ela olhou para as mãos vazias. Não havia rastros da lata de gasolina.

— Você não me deixou outra opção. — Meu coração batia com força no peito. Esperei que ela respondesse com outro ato vingativo, desta vez direcionado a mim.

Em vez disso, ela sorriu. — Nada mal, considerando que você mal pratica. Você realmente consegue fazer magia quando se concentra.

Para variar, meus talentos pareciam mais uma bênção do que uma maldição. Não pude evitar um certo orgulho, apesar das circunstâncias. Tia Pearl raramente elogiava alguém, especialmente em se tratando de magia.

Eu evitava feitiços porque a magia, para mim, parecia trapaça. Eu achava que ela me dava uma vantagem injusta e era radicalmente contra usá-la para eliminar problemas. Fora obrigada a usar os mesmos truques de tia Pearl, mas, pelo menos, não destruíra a cena do crime. — Somente quando preciso. Vamos voltar para a casa.

Tia Pearl ignorou meu pedido e virou-se novamente para o caramanchão. — Você só precisa se aplicar mais, Cen. Por que não começar por aqui? — Minha tia incendiária estalou os dedos e uma tocha se materializou em sua mão.

Estalei os dedos e conjurei um balde d'água, mas foi um pouco tarde demais. Joguei o balde na direção dela, mas ela já chegara aos degraus do caramanchão. Saltei sobre ela e rolamos para a grama, parando a poucos centímetros da fita da polícia.

— Você me enganou! — Saí de cima dela e sentei-me, vendo Tyler Gates.

— O que diabos está acontecendo aqui? — O delegado apagou o fogo com a bota. O sorriso dele desapareceu quando ele reconheceu Pearl.

Era exatamente a pergunta que eu estava prestes a fazer para minha tia. Por que ela estava tão determinada a destruir o caramanchão? Estava envolvida de alguma forma?

— Ainda bem que você chegou, delegado. — Tia Pearl fungou. — Ela me atacou sem aviso.

Os cantos da boca de Tyler Gates se ergueram ligeiramente. — Foi isso mesmo?

— Ela me provocou. — Quando as palavras saíram da minha boca, percebi que soávamos com duas garotas de escola briguentas.

Foi constrangedor.

— Ela é um problema. — Tia Pearl apontou o dedo acusador para mim.

Revirei os olhos e limpei a sujeira da roupa ao me levantar.

— Eu teria cuidado se fosse vocês — disse ele. — O caramanchão ainda é um local proibido e não tirei vocês da lista de suspeitos ainda.

Supus que o comentário dele fora para o benefício de tia Pearl, pois ele já verificara meu álibi. Eu estivera no jornal a manhã inteira, o que fora confirmado pelas câmeras de segurança do prédio e algumas pessoas que estavam lá. Eu não saíra do escritório até ir para casa, às três horas da tarde, e fora diretamente para o caramanchão.

O paradeiro de tia Pearl era desconhecido entre as nove horas da manhã até pouco antes do meio-dia, quando ela chegara no meu escritório depois do vexame do incêndio na estrada. Ela alegara ter ido diretamente para o hotel depois de sair do meu escritório. Mamãe poderia confirmar facilmente a alegação de tia Pearl de ter arrumado os quartos dos hóspedes antes do incêndio. Eu conhecia minha tia bem o suficiente para não aceitar cegamente o que dizia, mas também sabia que ela não era uma assassina. Mas a lei operava com fatos frios, não com sentimentos.

Tia Pearl agarrou o corrimão e puxou o corpo para cima, fazendo uma careta para o delegado. — Você nunca descobrirá sozinho. Se pedir com educação, talvez eu o ajude.

— Comece dizendo onde estava hoje pela manhã. — O delegado Gates cruzou os braços.

— Como se você já não soubesse — retrucou tia Pearl.

— Ela tem razão — disse eu. — Ela não estava queimando a placa da estrada?

— Isso foi de manhã. Ainda não sabemos sobre a tarde — disse Tyler. — Preciso de uma relação completa de seu paradeiro, Pearl. Seria muito bom se cooperasse.

Cooperação de tia Pearl era como receber um adiantamento da Máfia. Você conseguia o que queria, mas pagaria muito caro.

Tia Pearl resmungou. — Vejamos... fui ao posto de combustível por volta das onze. Acho que você sabe o que aconteceu depois disso.

Tyler pegou o bloco. — Você tem um recibo da gasolina? Isso estabeleceria o horário.

— A minha palavra não é suficiente?

Eu sabia, sem dúvida alguma, que tia Pearl não comprara a gasolina, ela a conjurara. Mas ela não poderia admitir isso para o delegado. Fiquei cada vez mais preocupada com a atitude evasiva e a falta de um álibi de tia Pearl.

Tyler ignorou a pergunta e retrucou: — Onde você estava antes de ir ao posto de combustível?

— Eu lhe direi se cancelar minha multa. — Tia Pearl cruzou os braços e fez uma careta.

— Nem pensar. A multa já foi emitida e eu não poderia mudá-la, mesmo se quisesse. Você terá que discuti-la no tribunal.

— Você teve a sua chance, delegado — disse Pearl. — A vida nesta cidade pode ser fácil ou difícil. Escolha o que quer.

— Tia Pearl! — Coloquei a mão no ombro dela. A última coisa de que precisávamos era uma briga com a lei. — Responda à pergunta do delegado para podermos ir embora. E para que ele volte ao trabalho.

Tia Pearl estava a poucos centímetros da fita da polícia, mas não a cruzou. Ela olhou friamente para o delegado Gates. — Eu estava trabalhando no hotel com Ruby até a hora de ir ao posto de combustível. Isso está se transformando em uma caça às bruxas. — Pearl cruzou os braços. — Posso ir agora?

Olhei para minha tia com frieza. A referência sutil às bruxas me deixou irritada. Obviamente, era exatamente a intenção dela.

Tyler Gates assentiu. — Confirmarei seu álibi com Ruby, é claro.

Nem pense em sair da cidade. Estarei de olho em você. — Ele apontou dois dedos para os próprios olhos e depois para os de Pearl.

— Como quiser. — Pearl tirou minha mão de seu ombro e saiu andando em direção ao hotel.

Pelo menos, o novo delegado tinha senso de humor. Tia Pearl não sairia da cidade, ela só queria que todas as outras pessoas saíssem. De qualquer forma, as palavras do delegado tiveram o efeito desejado. Pearl se arrastou pelo jardim em direção à casa com um passo lento exagerado. Olhei para o caramanchão. — E o... ahm... corpo já foi levado?

— A médica legista o levou há uma hora. — Tyler direcionou a lanterna para o caramanchão.

Senti os olhos dele em mim ao me virar para o caramanchão. Sem o corpo lá, a única evidência do ato terrível eram as marcas de sangue no chão de madeira. Prendi a respiração ao perceber a varinha de tia Pearl na entrada, embalada como prova. Ela sabia que a varinha ainda estava no caramanchão quando tentou incendiá-lo? Havia alguma coisa que ela não estava me contando e eu não estava gostando nada daquilo.

CAPÍTULO 11

Quando voltei ao hotel, era mais de nove horas e já estava escuro. As horas anteriores tinham sido intensas, com a investigação do assassinato, ficar de olho em tia Pearl e garantir que estivesse tudo certo com os hóspedes do hotel.

Eu não falara com mamãe por algum tempo e estava ansiosa para saber como ela estava. Eu a encontrei na cozinha, lavando as louças. Ela sempre lavava as louças manualmente, apesar de termos uma lavadora comercial. Ora, como bruxa, ela poderá até mesmo usar um feitiço para lavá-las e concluir a lista de coisas a fazer em uma fração de segundo. Mas, como perfeccionista que era, ela insistia em fazer tudo da forma mais difícil. O tempo que levava para verificar os feitiços, várias vezes, era o mesmo que demorava para fazer as coisas de forma manual dos mortais. Mamãe e eu éramos exatamente iguais nesse sentido. Éramos inseguras em relação aos nossos talentos naturais. A magia parecia uma vantagem injusta às vezes.

— Ai, Cen, não acredito que temos um assassinato nas mãos. — Os olhos dela estavam vermelhos e inchados, como se tivesse chorado. As roupas estavam bagunçadas e o avental estava de lado, algo completamente incompatível com a aparência normalmente imaculada dela. — Quais são as chances de isso acontecer no dia da inauguração?

69

— Muito grandes, se você pensar no assunto. O momento perfeito de atingir o turismo é antes que ele decole.

— Não consigo imaginar ninguém na cidade que vá a um extremo desses. Quem mataria para impedir o progresso? — Mamãe limpou as mãos no avental. — Aquele bilhete me assustou.

Contei a ela sobre minhas suspeitas sobre quem escrevera o bilhete. — Tia Pearl não escreve assim, mas quem o escreveu, obviamente queria que parecesse que fora ela.

— Não seja ridícula, Cen. Pearl nunca machucaria ninguém. Como tem coragem de sugerir isso?

— Acho que provavelmente é como as coisas parecem para o delegado. Muitas das provas parecem apontar para tia Pearl e o delegado precisa investigar todas as pistas. Eu sei que não foi tia Pearl, mas com certeza há alguma coisa que ela não nos contou. — Peguei um pano de prato para secar as louças que estavam no escorredor. — Ela sempre carrega a varinha. Por que não a pegou no caramanchão? Nunca a vi deixar a varinha longe de suas vistas. Ela poderia ter pego a varinha antes que o delegado chegasse, mas não pegou.

Mamãe deu de ombros. — Ela esqueceu ou não quis mexer na cena do crime.

— Desde quando ela não quer mexer nas coisas? De acordo com ela, não era parte da cena do crime. Ela disse que deixou cair quando tropeçou em mim.

Mamãe franziu a testa, mas não disse nada.

— Ela estava com a varinha quando vocês duas foram para o caramanchão?

— Eu não me lembro. Estava tão preocupada em preparar tudo para a inauguração do hotel que não percebi. — Mamãe largou a panela que estava lavando, que caiu na pia com um som metálico.

Senti uma pontada de culpa por não ter estado no hotel para ajudar.

— Há tanta coisa para fazer aqui que fico assoberbada. Pearl ficou fora a manhã inteira e tive que fazer tudo sozinha.

Foi a minha vez de ficar chocada. — Espere um segundo... tia Pearl disse ao delegado que ficou aqui até às onze e que você confirmaria isso.

Mamãe suspirou e colocou a mão na testa. — Não vou mentir por ela. Pear saiu cedo esta manhã e eu não a vi de novo até o início da tarde. No que ela nos meteu?

— Não sei. Mas, a não ser que ela nos diga onde e o que anda fazendo, não temos como ajudá-la. Tenho quase certeza de que o delegado Gates acha que ela é culpada de alguma coisa. — Eu detestei pensar em tia Pearl sendo acusada injustamente. Por um motivo que não sabia explicar, eu também queria causar uma boa impressão em Tyler Gates. — Seja lá o que for que ela está escondendo, não pode ser nada tão sério quanto um assassinato.

— Ela é muito teimosa, Cen. — Mamãe balançou a cabeça. — O mundo pode desabar em volta dela e ela continuará mantendo seus segredos. Ela cria muitos problemas para si mesma por causa disso.

— Bem, se ela quiser a varinha de volta, terá que explicar algumas coisas. O delegado a recolheu como prova. Mas acha que é a bengala dela.

Mamãe ficou de boca aberta. — Pearl é suspeita?

— Ele não disse exatamente isso, mas o fato de ela não gostar do turismo lhe dá um motivo e aquele bilhete parece um pouco ser dela. Contando ainda a varinha na cena do crime, ela é uma suspeita natural. Tenho certeza de que o delegado vê isso.

— Mas nós também estávamos no caramanchão — protestou mamãe. — Por que não somos suspeitas?

— Eu tenho um álibi. Estava trabalhando o dia inteiro, até às três da tarde. Os investigadores provavelmente poderão estimar a hora da morte pela condição do corpo. — Estremeci ao me lembrar de ter caído sobre o cadáver de Plant.

— E eu estava na cidade durante a maior parte da manhã, comprando coisas de última hora para o jantar. Muitas pessoas me viram. Até encontrei o delegado — disse mamãe.

— Viu só? Tia Pearl mentiu porque não tem um álibi. — Uma mentira ou uma omissão?

— Talvez ela tenha confundido os horários. — A expressão de mamãe indicou a descrença mesmo enquanto dizia aquilo.

— Nós duas sabemos que isso é impossível. Ela é esperta demais para isso.

— É verdade. — Mamãe assentiu. — Mas ela provavelmente acha que seu paradeiro não é da conta do delegado. Pearl fica meio irritada quando as pessoas querem vigiá-la.

— Isso não tem problema na maior parte das vezes, mas não agora que aconteceu um assassinato. Tudo aponta para ela, exceto uma coisa — disse eu. — O assassino conhecia a vítima.

— Ah, é? — Mamãe mergulhou as mãos na água com sabão. — O delegado lhe disse isso?

Balancei a cabeça negativamente. — Atacar o rosto da vítima indica um relacionamento pessoal. Seja bater até a morte ou cobrir o rosto depois do fato. Sebastien Plant conhecia o assassino. Até onde sei, ele não conhecia tia Pearl. — O programa de televisão *Arquivos Forenses* me ensinara a procurar pistas escondidas à plena vista. Os ferimentos na cabeça e no rosto de Plant diziam muito.

— Você andou assistindo a muitos programas sobre crimes, Cen.

— Talvez, mas é a única pista que temos no momento. É uma pista importante. Quem fez isso precisa ser pego.

Mamãe tirou as mãos da pia e jogou-as no ar, jogando água para todo lado. — Pearl pode ser muitas coisas, mas não é uma assassina. Mas concordo que ela está escondendo alguma coisa. Só não acho que eu consiga arrancar algum segredo dela. Ela não dirá nada.

— Ela precisa — disse eu. — A não ser que seja sincera e explique tudo, pode ser acusada de assassinato. — Tia Pearl não costumava ficar em silêncio sobre as coisas. Uma explicação simples a livraria de ser suspeita, mas, mesmo assim, ela não dizia nada.

O silêncio dela também indicava uma marcha fúnebre para a cidade inteira, pois os turistas não a visitariam enquanto houvesse um assassino entre nós. Por outro lado, Westwick Corners desaparecera do mapa durante mais de cem anos. No pior dos casos, isso duraria mais um século, se dependesse de mim.

CAPÍTULO 12

Não importava o que tia Pearl quisesse ou não admitir, nada explicava o sangue na varinha. Alguém roubara e usara a varinha dela ou ela mesma a usara. Visualizei a varinha na mente. O sangue na ponta já estava seco. Fora um dia quente, mas o caramanchão tinha sombra. O sangue teria levado pelo menos quinze minutos para secar.

Estremeci ao me lembrar da rigidez do corpo de Plant quando caí sobre ele. Eu tinha certeza de que ele estivera morto a muito mais do que quinze minutos. Provavelmente, horas antes.

— A varinha de tia Pearl não tem valor para mais ninguém. Por que alguém a roubaria, para começo de conversa?

— Tem valor para outra bruxa. — Mamãe colocou os últimos pratos no escorredor e drenou a água da pia.

Aquilo não me ocorrera. — Mas somente Pearl consegue desbloquear a varinha dela. — As varinhas modernas eram de alta tecnologia, especialmente a de tia Pearl, que exigia uma combinação de impressão digital e senha. Até mesmo a magia já usava biometria.

— Uma bruxa não precisa desbloqueá-la e usá-la — disse mamãe. — Só precisa manter a varinha longe de Pearl, que fica sem poderes, incapaz de lançar feitiços sem ela.

— Por que alguém iria querer impedir a magia dela? — Lembrei da tocha de tia Pearl no caramanchão. Ela conjurara a tocha, portanto, ainda não estava sendo honesta. Havia alguma coisa que não estava nos contando, algo que não era bom.

— Não faço ideia, mas não consigo imaginar que alguém que não seja uma bruxa roubaria e sabotaria a varinha dela. — Mamãe limpou a testa. — Quem fez isso quer transformar Pearl em bode expiatório, mas quem?

— Alguém que quer ficar impune depois de um assassinato. Tia Pearl vai para a prisão e a assassina fica livre. — Minha lista de pessoas que odiavam Pearl incluía metade da cidade, mas não ousei expressar meu medo em voz alta. Mamãe não via as falhas da irmã nem a longa lista de inimigos que ela tinha. No entanto, a maior parte deles era de residentes, mortais comuns sem poderes especiais. Nenhum deles cometeria um assassinato a sangue frio.

— O assassino se livra de duas pessoas. — Mamãe franziu a testa. — Mas ainda acho que foi outra bruxa.

— Somos as únicas bruxas da cidade — disse eu. — Talvez devamos fazer uma lista de pessoas que podem querer prejudicar tia Pearl.

— Hazel e Pearl estão brigadas — disse mamãe.

— Você não acha...

— Não, nem mesmo a bruxa Hazel iria tão longe. — Mamãe desamarrou o avental e jogou-o sobre o balcão. — Mas, se o assassino é outra bruxa, Pearl está encrencada. Ela nunca conseguirá explicar tudo e limpar seu nome.

Claro.

Bruxas conseguiam alterar pistas com facilidade, até mesmo provas criminais. Tia Pearl não era a única que precisava de ajuda. O delegado Gates também precisava. Se ele esperava que o emprego em Westwick Corners fosse calmo em uma pequena cidade adormecida, teria uma surpresa sobrenatural. Eu não tinha outra opção além de pelo menos investigar o ângulo da bruxa Hazel, do qual nosso delegado não tinha ciência. — Será que conseguimos descobrir o paradeiro de Hazel?

Hazel Black fora a melhor amiga de Pearl até que tiveram uma briga grande um ano antes. Além de ser uma bruxa excelente, ela era também presidente da WICCA, a associação internacional de bruxas, órgão regente mundial das bruxas.

Eu não conseguia imaginar que Hazel fosse tão longe a ponto de matar um homem inocente para culpar tia Pearl. Por outro lado, Hazel amaldiçoara meu irmão Alan, transformando-o em um cachorro. Eu também não imaginara que ela poderia fazer aquilo.

Mamãe franziu as sobrancelhas. — Acho que podemos perguntar a Amber.

Tia Amber era vice-presidente da WICCA e encontrava-se sempre com Hazel. Se ela confirmasse o paradeiro de Hazel, poderíamos eliminá-la rapidamente como suspeita. Tia Pearl não ia gostar de ver a irmã Amber envolvida, mas não tínhamos muitas opções. — E se ela contar a Hazel? Talvez ela fique curiosa por termos perguntado.

— A essas alturas, acho que temos que perguntar. — Mamãe secou as mãos e estalou os dedos.

Uma imagem holográfica se solidificou à nossa frente. Tia Amber arrumou os cabelos ruivos e prendeu um cacho atrás da orelha. Ela parecia linda e arrumada como sempre, mas distraída, como se tivesse sido interrompida.

— É bom que seja importante, vocês me pegaram no meio de um feitiço. — Amber, como Hazel, morava em Londres. Westwick Corners não conseguira contê-la.

— Desculpe. É um pouco importante — disse mamãe.

— Mal passou das seis horas da manhã aqui, Ruby. Você sabe que não sou uma pessoa que acorda cedo. Espero mesmo que seja importante.

Ainda era sexta-feira à noite para nós, mas Londres ficava nove horas à frente. O intervalo do delegado seria confirmado pela médica legista, mas o assassinato provavelmente acontecera entre meio-dia e três da tarde, quando descobrimos o corpo. Isso era entre nove horas da noite e meia-noite em Londres.

— Receio que seja. — Rapidamente contei os eventos do dia, o assassinato e as provas incriminadoras que apontavam para Pearl. —

Pearl e Hazel ainda estão brigadas. Talvez Hazel tenha armado para ela e plantado a varinha na cena do crime?

Como bruxa, Hazel conseguia fazer o percurso de ida e volta para Londres em menos de uma hora. Na ausência de outras pistas, precisávamos descartar todos os suspeitos sobrenaturais. Eles nunca surgiriam na investigação do delegado Gates.

— Eu não diria que a bruxa Hazel está acima da vingança — disse tia Amber. — Mas também não a vejo matando um estranho inocente para incriminar Pearl.

— Não estamos culpando Hazel, mas também não podemos descartá-la — disse eu. — Você sabe onde ela estava na noite passada?

Tia Amber deu de ombros e ergueu as mãos. — Dormindo como todo mundo, suponho, Cen. Não a vejo desde que ela saiu do trabalho na sexta e não a verei de novo até segunda de manhã no escritório. Eu não a vigio fora do trabalho.

— Alguém além de Penny pode confirmar onde ela estava? — Penny Black era filha de Hazel. Era também a ex-namorada de Alan e o motivo pela maldição de Hazel que o transformara em um cachorro. Hazel Black morava sozinha. Pearl era, ou fora, a única amiga íntima dela.

— Tentou falar com o namorado dela? — Tia Amber encostou a unha azul nos lábios que estavam pintados com um tom semelhante. — Ele provavelmente saberá.

— A bruxa Hazel tem um namorado? — Eu não conseguia imaginar ninguém que quisesse sair com Hazel. Além da personalidade dominante, ela só se preocupava com os negócios. Em adição à função como presidente da WICCA, ela era uma empreendedora feroz.

— Também fiquei surpresa. Eles estão saindo juntos há alguns meses. Estou tentando me lembrar do nome dele. Seb alguma coisa...

— Sebastien Plant?

Mamãe ficou de boca aberta e parecia prestes a desabar.

— Esse mesmo. Você o conhece? — A imagem de tia Amber tremulou. — Preciso ir, minhas ervas estão queimando!

— Espere! — Mas era tarde demais, tia Amber desaparecera.

Virei-me para mamãe. — O assassino de Sebastien Plant deixou um bilhete com um estilo estranho. Acha que foi Hazel?

Mamãe balançou a cabeça negativamente, de forma enfática. — Nem Hazel nem Pearl são capazes de uma coisa dessas, Cen. Precisamos falar com as duas imediatamente.

O rosto ensanguentado de Sebastien Plant surgiu na minha mente. Hazel e Tonya o conheciam intimamente, mas somente Hazel teria um estilo como o do bilhete.

Apesar de Hazel e Pearl não estarem falando uma com a outra, tinham sido melhores amigas por décadas. Seria possível que Pearl estivesse dando cobertura para a amiga?

CAPÍTULO 13

A informação de tia Amber não lançou nova luz sobre as coisas, exceto pela bomba sobre o caso de Hazel com Sebastien Plant. Nem solucionou nosso problema imediato.

Pearl desaparecera novamente. Eu precisava encontrá-la, pois não havia como saber o que ela poderia fazer para recuperar a varinha. Mamãe já estava perto de um colapso nervoso e Pearl conseguiria facilmente levá-la à loucura.

— Você precisa ficar de olho nela, Cen. Não posso sair do hotel e estou preocupada que ela faça alguma coisa maluca. Nós todas investimos tanto no sucesso do hotel e Pearl pode arruinar as coisas em um instante.

Desta vez, mamãe não estava exagerando. — Vou procurá-la. — Saí pela porta da frente e atravessei o caminho até o *Ponto do Feitiço*. A última pessoa que eu queria ver no momento era Brayden, mas ele provavelmente estava ocupado demais no bar para me ver.

Eu veria se tia Pearl estava no bar e sairia rapidamente. Ao abrir a porta da frente, quase colidi com uma loira em um vestido de festa dourado. A roupa dela parecia fora de lugar, mas estranhamente familiar.

Só vi a parte de trás do vestido curto, mas reconheci a pulseira da

78

sorte de tia Pearl quando ela passou por mim. Carolyn Conroe, o alter ego de Marilyn Monroe de tia Pearl, foi diretamente para o bar.

Meu coração ficou apertado. O tempo estava passando, mas eu não poderia falar com tia Pearl sobre Sebastien Plant e Hazel até que ela voltasse à forma normal. Isso poderia demorar, dependendo da confusão em que ela se metesse.

— Onde consigo um coquetel neste lugar? — A voz de Carolyn soou acima do burburinho e, subitamente, todas as conversas cessaram.

Brayden acenou para ela de forma indiferente. — Pode esperar? O *happy hour* começa em quinze minutos.

Brayden nunca entendera o conceito por trás do *happy hour*. Em vez de atrair clientes cedo da noite, ele dava um desconto de metade do preço a quem quer que esperasse por tempo suficiente. Todos os residentes tiravam vantagem dos horários estranhos dele e nunca se preocupavam em aparecer cedo.

A única vantagem da promoção esquisita de Brayden era que Carolyn ainda não tinha uma bebida na mão. Ele também conhecia o alter ego de tia Pearl, apesar de acreditar que Carolyn Conroe era um distúrbio de personalidade e de achar que ela usava maquiagem demais. A magia de tia Pearl era muito boa. Infelizmente, os resultados nunca eram bons. Eu torci para que Brayden tivesse juízo suficiente para não lhe dar bebidas fortes. Uma Carolyn bêbada era muito, muito pior do que uma Pearl sóbria. Não havia como dizer o que ela poderia fazer.

Carolyn jogou a cabeça para trás em uma risada alta. — Voltarei para você, querido.

O rosto de Brayden ficou vermelho. Pearl acabara de envergonhá-lo como forma de vingança.

Todos olharam em nossa direção no momento em que um pé de vento, que surgiu não se sabia de onde, fez com que a saia de Carolyn voasse para cima. Um sorriso malicioso invadiu seu rosto. Ela lentamente abaixou a saia, mas não sem antes deixar que praticamente todos os homens de Westwick Corners dessem uma espiada.

Uma multidão envolveu Carolyn. Ela claramente adorou cada segundo do tempo sob os holofotes.

Ignorei os assovios e passei o olhar pelo bar. Os bancos estavam todos ocupados, com os hóspedes misturados aos residentes. Notei com satisfação que quase todos os hóspedes estavam presentes. Enquanto permanecessem no bar, não notariam a fita amarela da polícia que ainda circundava o caramanchão.

Vi Tonya Plant sentada em uma mesa de canto. Ela era quase tão conhecida quanto Sebastien, mas eles eram um casal muito estranho. Tonya tinha trinta e poucos anos e era pelo menos vinte anos mais jovem que Sebastien. Parecia minúscula em comparação ao marido morbidamente obeso e ainda menor pessoalmente. Os cabelos loiros eram curtos e ela se vestia como realeza em um vestido de alta costura com minúsculas rosas bordadas. Enquanto bebia uma taça de vinho tinto, ela balançava distraidamente o pé com um sapato de salto alto, olhando de boca aberta para o *show* de Carolyn.

Carolyn notou imediatamente e andou na direção da mesa de Tonya.

Que ótimo.

Olhei para a entrada, a poucos metros, onde mamãe estava parada. De alguma forma, ela descobrira os planos de Pearl. Um olhar para o rosto dela me mostrou como estava preocupada.

Andei até ela e puxei-a para o lado. — Precisamos neutralizar tia Pearl. — Ela já era suspeita de assassinato e agora estava provocando uma briga. Aquele não era o momento para que Carolyn chamasse a atenção. — Você não consegue botar um pouco de juízo na cabeça dela?

Mamãe balançou a cabeça negativamente. — Ela não vai me dar ouvidos. Pelo menos, o fato de estar aqui significa que não está bisbilhotando nos quartos dos hóspedes. — O trabalho de limpeza se destinava a mantê-la ocupada e longe de encrencas, e não era difícil, pois ela podia usar a magia para automatizar tarefas. Nossa ideia dera errado quando ela resolvera bisbilhotar no quarto de Tonya. Pensei nos planos de loteamento e temi o pior.

Mamãe puxou meu braço. — Acha que Pearl sabe sobre Sebastien e Hazel?

— Não sei. Hazel e Pearl não falam uma com a outra há alguns meses. Se ela sabe sobre Sebastien e não disse nada ao delegado, parecerá ainda mais suspeita. — Se eu não conhecesse tia Pearl, também suspeitaria dela. Tudo o que ela fazia parecia suspeito. Tia Pearl gostava de criar confusão. Se ela sabia do caso entre Hazel e Sebastien, eu não tinha dúvidas que Tonya descobriria em breve, se ainda não sabia.

Acompanhamos Carolyn com os olhos enquanto ela atravessava a pista de dança em direção à mesa de Tonya. Meu coração bateu mais depressa quando contei a mamãe sobre a tentativa de Pearl de incendiar o caramanchão. — Parece estranho ela ter ido ao caramanchão para recuperar a varinha. Se alguém a roubou, como sabia que estava lá, para começo de conversa? Ela deveria saber que a varinha seria confiscada como prova.

Subitamente, percebi uma coisa. O ato de Carolyn Conroe de tia Pearl também era magia e muito mais difícil de executar do que a tocha no caramanchão. — Como tia Pearl faz magia sem a varinha?

— Ela está usando alguma coisa. — O rosto de mamãe ficou sombrio. — Mas ainda não sei o quê. Eu só queria que ela parasse e pensasse no restante de nós às vezes. Preciso voltar ao hotel. Fique de olho nela, Cen.

Mamãe saiu e Carolyn se sentou sozinha a poucas mesas de distância de Tonya.

Eu estava tão mergulhada nos pensamentos que andara até o bar sem nem perceber.

— O de sempre? — Brayden deu uma piscadela e colocou um refrigerante sobre um descanso de copo à minha frente.

Eu teria preferido uma bebida alcoólica, mas, pelo jeito, tínhamos voltado ao normal. As aparências podiam criar ou destruir uma carreira política e, como futura esposa dele, qualquer coisa que eu fizesse refletia nele. Pelo menos, era assim que Brayden via as coisas.

Bebi o refrigerante enquanto ele atendia outros clientes. Considerando as circunstâncias, talvez a escolha da bebida que ele fizera fosse a melhor. Mesmo um pingo de álcool reduzia drasticamente minhas inibições e força de vontade em se tratando de Brayden. O álcool também interferia com meus poderes e uma rápida olhada pelo bar mostrou que talvez eu precisasse de magia para intervir com minha tia. Tia Pearl, ou Carolyn, levantara da cadeira e agora estava sentada no canto da mesa de Tonya. Ela cantou *Diamonds are a Girl's Best Friend* em voz profunda e rouca, inclinando a cabeça para trás como uma diva.

Carolyn se inclinou ainda mais para trás até que os cabelos ficaram logo acima da taça de vinho. Tonya empurrou a cadeira para trás enquanto Carolyn se reclinava mais um pouco. Ela piscou de forma sedutora para os admiradores e, subitamente, a mão escorregou da mesa. Ela perdeu o equilíbrio e rolou, caindo diretamente sobre o colo de Tonya Plant.

Tonya gritou.

Desci do banco do bar e saltei entre as duas mulheres em um piscar de olhos.

Puxei Carolyn para cima e para fora do colo de Tonya, cuja boca estava aberta em choque. Ela tinha uma expressão furiosa e o vestido caro estava sujo de vinho. — O que diabos está fazendo?

Fiz uma cara feia para minha tia antes de me virar para Tonya Plant. Deliberadamente, ignorei a mancha vermelha que se espalhara sobre o vestido amarelo. Felizmente, ela estava tão ocupada xingando Carolyn que ainda não percebera. Aquilo me deu a oportunidade de desfazer a mancha. Era uma chance única com um feitiço que eu não praticava havia anos.

Um, dois, três, faça com que não seja...

Estalei os dedos, prendi a respiração e torci para o melhor.

Eu voltara o tempo para dez minutos antes. Pelo menos, era o que eu pretendera com minha magia enferrujada. Pareceu funcionar, pois não havia mancha de vinho, mesa virada nem Carolyn. Tínhamos voltado no tempo para cerca de um minuto antes que as coisas começassem a dar errado.

Agora, eu só precisava fazer com que dessem certo. Estalei os dedos duas vezes e lancei um feitiço de amizade.

Funcionou.

As duas mulheres, subitamente, eram amigas, em vez de adversárias. Carolyn Consoe cantou *River of No Return* e recostou-se na mesa de Tonya.

— Bravo! — disse Tonya rindo, claramente feliz por ser notada. O único tom vermelho no vestido amarelo era das rosas bordadas. Tonya bebeu o vinho e prestou atenção na serenata de Carolyn.

Carolyn ergueu os braços e cantou a nota final.

O bar ficou em silêncio por alguns segundos até que Tonya bateu palmas. Carolyn fez uma mesura e os outros clientes também aplaudiram. Carolyn soprou um beijo e fez outra mesura.

Fiquei muito satisfeita com meu final alternativo, apesar de Carolyn claramente não estar. Ela ergueu o dedo médio para mim e encarou-me friamente do outro lado do salão.

Eu sorri e acenei. Era um daqueles raros momentos em que desejei ter treinado melhor meus feitiços. Nesse caso, tia Pearl não teria ciência de minhas ações. Mesmo assim, agora não havia muito o que ela pudesse fazer.

Exausta, voltei ao banco no bar. Os feitiços tinham acabado com a pouca energia que eu ainda tinha.

CAPÍTULO 14

— ocê precisa de uma bebida de verdade. — Brayden observou nós duas ao colocar uma garrafa de vinho tinto e uma taça sobre o balcão. Era uma garrafa de nosso melhor vinho. Ele serviu um copo e colocou-o à minha frente. — Faça de conta que ela não está aqui.

Olhei para a taça cheia de bebida alcoólica, momentaneamente alarmada por meu feitiço de volta no tempo ter impactado Brayden a ponto de ele esquecer que era o prefeito. Eu o observei por um momento até concluir que não era o caso. Ele estava preocupado que eu fosse causar uma cena com Carolyn. O álcool me deixaria incapaz disso.

Que fosse.

Bebi metade da taça. — Não posso ignorá-la. Estou preocupada com o que ela poderá fazer em seguida.

Brayden sabia que éramos bruxas... mais ou menos. Ele achava que era apenas uma parte estranha da herança da família. Ah, ele estava vagamente ciente da Escola de Encantamento de Pearl e das poções de ervas de mamãe, mas não levava nada daquilo a sério. Para ele, essas eram coisas no mesmo nível de astrologia e leitura da mão. Só achava que tínhamos *hobbies* estranhos. Mesmo assim, sempre tínhamos cuidado para não fazer magia na frente dele.

Ele estava completamente ignorante do fato de que eu acabara de voltar a vida dele alguns minutos. Era uma pena que ele não conseguisse esquecer completamente nosso noivado. Eu agonizei sobre como dar a notícia, especialmente porque, naquele momento, ele estava sendo muito doce comigo.

— Ficarei de olho em Pearl. Relaxe, Cen.

Poucos homens entravam com facilidade pelo casamento em uma família de bruxas e, de certa forma, Brayden sabia no que estava se metendo. Eu nunca conseguiria explicar minha situação para alguém que não crescera conosco em Westwick Corners. Fazia todo sentindo nós dois nos casarmos. A lógica disso me deixou deprimira. Só porque era fácil casar com ele não significava que eu deveria.

Tomei um gole do vinho, cheia de culpa por causa das almas ignorantes no bar que continuavam sem saber que eu apagara os últimos minutos da vida delas e substituíra-os com uma versão alternativa. Se pelo menos eu conseguisse voltar no tempo e impedir o assassinato de Plant. Era tarde demais para isso. O máximo que eu poderia fazer seria ajudar o delegado Gates a procurar o assassino e fazer justiça.

Tia Pearl, ou Carolyn, me seguiu até o bar. Ela resmungou baixinho ao erguer a taça de vinho. — Você reclama da minha magia. — Ela rebolou sobre os saltos altos, ameaçando derramar o vinho pela segunda vez. — Você é demais, Cendrine West.

Por uma fração de segundo, senti-me como uma garotinha sendo repreendida, mas logo me recuperei.

— Vá mudar, tia Pearl. — Usei a magia apenas como último recurso, mas, se houvera uma ocasião que pedira aquilo, fora aquela. O futuro da cidade inteira dependia da civilidade de tia Pearl. Mas eu precisava ter cuidado, pois desfazer a magia de outra bruxa podia causar todo tipo de problema, mesmo que ela fosse minha tia.

Especialmente por ser uma bruxa muito mais poderosa que eu.

— Shhh. — Ela colocou um dedo sobre os lábios. — Você acabará com meu disfarce.

— Você está bêbada? — Era difícil dizer se ela balançava por causa dos saltos muito altos ou por excesso de álcool.

Ela me ignorou.

— Gostou do meu vestido novo, Cen? Acabei de consegui-lo. — Tia Pearl balançou a cabeça ao levantar o vestido até o topo das coxas, mostrando a pele. Ela balançou precariamente sobre o banco. A taça de vinho se inclinou perigosamente, ameaçando derramar.

— Não estou falando de mudar de roupa. Livre-se de Carolyn.

— Mas eu mal comecei. — Tia Pearl fez uma careta. — Ela é uma das minhas favoritas.

— Por favor, tia Pearl. Precisamos conversar. Você percebe que é a única suspeita do assassinato de Sebastien Plant?

— Está me acusando de assassinato? — Tia Pearl bateu com a taça no balcão, jogando vinho para todo lado.

— É claro que não. — Limpei as gotas de vinho do meu rosto. — Mas todas as provas apontam para você e para mais ninguém. Também preciso conversar com você sobre Hazel.

— O que tem Hazel? — Ela me encarou com suspeita.

— Aqui não. — Eu estava com receio até mesmo de falar no suposto caso de Hazel e Sebastien, mas não tinha mais ao que recorrer. Era certeza de desastre, pois tia Pearl não guardava segredos muito bem. — Precisamos de um lugar privado para conversar.

Ela ficou imediatamente animada. — Vamos para a Escola de Encantamento de Pearl. Mas só se você concordar em fazer meu curso de magia.

— Você tirará essa roupa ridícula e voltará ao normal? — Pelo menos, o mais próximo do normal que tia Pearl conseguia ficar.

Ela assentiu. — E também quero minha varinha de volta.

— Uma coisa de cada vez. — Eu não podia fazer muito para conseguir a varinha de volta, mas não pretendia lhe dizer isso. Minha prioridade imediata era neutralizar tia Pearl antes que ela causasse mais danos. — Vou me inscrever em sua escola de magia idiota, mas somente se você me prometer que não fará mais nenhum truque pelo resto do fim de semana.

A expressão dela brilhou. — Vai mesmo?

— Sim. — Eu já estava arrependida da promessa. — Mas somente se você resolver a inauguração e responder às perguntas do delegado sobre o assassinato. — A Escola de Encantamento de Pearl era especializada em feitiços e amuletos, duas áreas em que eu era muito deficiente. Eu não tinha desejo algum de melhorar nelas, mas estava disposta a fazer o que fosse necessário para aplacar tia Pearl e acabar com o massacre. — Encontrarei você na Escola de Encantamento de Pearl em meia hora.

Eu mal terminei a frase e tia Pearl já tinha saído pela porta. Olhei em volta e notei com satisfação que os clientes do bar tinham voltado a jogar sinuca, dardo ou o que mais estavam fazendo antes do espetáculo de Carolyn Conroe. Alguns dos residentes tinham ido embora e o *Ponto do Feitiço* lentamente voltava ao nível de atividade normal.

Tonya Plant bebia o vinho sozinha. Os investigadores tinham terminado o trabalho no quarto dela, mas ela não parecia ter pressa de voltar para lá. Parecia mais contente do que em luto.

Eu a observei e fiquei imaginando qual era o relacionamento deles. Pareciam um casal feliz, mas ninguém sabia de verdade o que acontecia dentro de um casamento além das duas pessoas que faziam parte dele. Aquele era o caso especialmente para figuras públicas como os Plants.

Eu duvidava que Tonya tivesse a força física necessária para feri-lo. Ele poderia tê-la desarmado com facilidade. O mesmo era verdade para tia Pearl, apesar de minha tia ser uma bruxa e conseguir evocar força sobrenatural com um toque da varinha. No entanto, ela não tinha motivos para isso.

Somente um homem com altura similar à de Sebastien Plant poderia ter feito aquilo, pois alguns dos ferimentos eram na parte de cima da cabeça dele.

Eu sabia, de assistir a programas policiais, que oitenta por cento das vítimas eram assassinadas pelos cônjuges. Tonya podia ter conseguido alguém para matar o marido. Se ela sabia do caso entre Sebastien e Hazel, tinha um motivo forte para isso. Como esposa de

Sebastien, ela deveria ser suspeita, mas eu não tinha certeza se o delegado sabia sobre o caso amoroso.

De uma coisa eu tinha certeza: Tonya não era uma viúva triste e eu pretendia provar isso.

CAPÍTULO 15

*E*ra quase dez horas da noite quando cheguei à Escola de Encantamento de Pearl. Meu humor melhorou quando vi as luzes ligadas. Tia Pearl estava segura no interior e longe de problemas, pelo menos por enquanto. Ao chegar mais perto, vi uma placa de neon no formato de uma vassoura na janela da frente. Sob a vassoura verde, em neon branco, piscava *Aberto-Aberto-Aberto*.

O ódio de tia Pearl por placas não pareciam se estender à própria escola. Ela não tinha sutileza alguma. Eu não gostava da exposição óbvia de tia Pearl para uma escola para bruxas, mas era bom ver o velho colégio em uso novamente.

Ao empurrar a porta para abri-la, uma campainha tocou para anunciar minha chegada. O velho colégio parecia muito com o que eu me lembrava da época em que estudara lá. Nem mesmo a pintura mudara.

— Aqui. — A voz de minha tia ecoou pelo corredor e segui-a até a primeira sala de aula. O colégio fora construído no início do século XX e tinha duas salas de aula, mais do que o suficiente para a população da época. Ele fora fechado alguns anos antes, quando não pudemos mais pagar os funcionários. Agora, as crianças eram levadas de ônibus ao colégio grande de Shady Creek, um sinal triste dos tempos.

Tia Pearl estava ocupada acendendo velas no parapeito da janela.

— Qual é o seu problema com o fogo? — Andei na direção da frente da sala e olhei em volta. Eu tinha que admitir que a luz das velas dava à sala uma certa ambientação, deixava-a charmosa.

Mas eu não pretendia admitir isso a tia Pearl.

— Ora, Cen, relaxe. Você precisa ser tão séria o tempo todo?

— Talvez eu não fosse se não tivesse que constantemente tirar você de encrencas. — Sinceramente, tia Pearl, às vezes, era como um emprego de tempo integral. E eu tinha os meus problemas em quantidade suficiente no momento.

— Não estou em encrenca nenhuma e posso cuidar de mim mesma. Pare de se preocupar comigo — disse tia Pearl.

— Você está muito encrencada. Se eu não me preocupar com você, acabará destruindo seu pequeno negócio antes mesmo que ele decole — disse eu. — Por que você mentiu e disse que estava com mamãe? Ela disse que você não estava. Você não tem um álibi, tem?

Tia Pearl revirou os olhos e soltou um suspiro exagerado. — Você nunca desiste, Cen.

— É importante, tia Pearl. Se não virarmos a investigação para outro lado, você poderá ser acusada de assassinato.

— Está bem. — Ela cruzou os braços e olhou para mim friamente. — Eu estava com Hazel. Ela chegou esta manhã.

— Eu não acredito em você. Vocês duas nem estavam se falando. — Suspirei ao pensar no meu irmão. Pobre Alan.

— Nós concordamos em uma trégua, Cen. Tempos difíceis pedem medidas duras.

— Que tempos difíceis? — Eu estava confusa, mas também senti uma certa esperança. — Hazel ainda está aqui? Talvez ela possa devolver a forma humana a Alan.

Tia Pearl balançou a cabeça negativamente. — Não, as coisas nunca estiveram bem. Há alguma coisa muito grave acontecendo e a Travel Unraveled está bem no meio. Tivemos que impedir o loteamento.

— Sobre Alan, eu sei que ele está ansioso...

— Agora não, Cen. — Ela ergueu a mão aberta, como se fosse uma policial do trânsito. — Estamos em guerra.

— Precisamos cuidar de um negócio aqui, tia Pearl. Sebastien Plant poderia ter nos dado uma publicidade muito grande — disse eu. — Agora seremos conhecidos como o local em que ele foi assassinado. Quando Hazel chegou aqui? — Duas bruxas motivadas eram exponencialmente piores do que uma só.

Minha tia deu de ombros. — Acho que era umas nove horas da manhã.

— Bem na hora do assassinato. — Olhei em volta, mas não vi sinais de Hazel. — Onde ela está?

— Voltou para Londres uma hora atrás.

Meus ombros caíram em derrota. Eu estava praticamente de volta ao zero em relação à investigação e minha esperança de que Alan voltasse à forma humana desapareceu.

Como amante de Sebastien, Hazel também tinha um motivo forte. O álibi de tia Pearl não contava muito, considerando que vinha de outra possível suspeita. — Alguém viu vocês duas juntas?

— Não. — Tia Pearl balançou a cabeça negativamente. — Basicamente, ficamos aqui e tomamos café, conversando e resolvendo as coisas.

— Essa é a mentira mais ridícula que já ouvi. — Cruzei os braços e ergui as sobrancelhas. — Vocês duas nunca ficam sentadas. Hazel não viajaria meio mundo só para conversar.

— Ok, talvez tenhamos visitado o caramanchão. Hazel e eu seguimos Sebastien Plant até o caramanchão, com a intenção de assustá-lo um pouco para que ele deixasse a cidade. Foi quando vimos o atacante, o cara com capuz preto. Não tivemos nada a ver com o assassinato dele, eu juro. Hazel ficou tão abalada que saiu da cidade imediatamente. Diga isso ao delegado.

— Por que você não pode dizer isso a ele? Pensando melhor, não diga nada. Mencionar Hazel só vai trazer um monte de perguntas que nos exporá como bruxas. Explicar que ela consegue se teletransportar para cá em minutos só complica as coisas. — Da mesma forma como o caso dela com Sebastien Plant, mas eu estava apostando na inocência dela. Parecia mais fácil encontrar o verdadeiro assassino do que provar a inocência de Hazel e Pearl. — Diga-me o que sabe sobre o cara com capuz preto. Ele é a única pista de verdade até o momento.

— Foi um longo dia, Cen. Vamos dormir um pouco. — Tia Pearl se levantou e conduziu-me em direção ao corredor. — Vou pensar em um plano para nos tirar desta confusão.

Ergui os braços em protesto. Os planos de tia Pearl quase certamente causariam um desastre ainda maior. Por outro lado, qualquer objeção da minha parte só a deixaria menos propensa a cooperar. — Está bem. Mas quero falar com Hazel e corroborar a sua história.

Dei uma última olhada em volta e percebi que minha tia estivera trabalhando no velho colégio ao mesmo tempo em que renovávamos o hotel. Ela causara muitos problemas, mas também fizera muita coisa. A Escola de Encantamento de Pearl parecia um colégio de verdade. As mesas dos alunos tinham sido reformadas e havia novos suprimentos escolares nas prateleiras das paredes. A única diferença era a bola de cristal sobre a mesa da professora e um quadro negro cheio de feitiços, em vez de matemática.

— Isso é o que acho que é? — Andei até o quadro negro e estudei o objeto familiar no trilho do giz. — Eu não sabia que você tinha uma segunda varinha.

— Não tenho.

— Mas a sua varinha foi levada como prova. Está trancada na delegacia. — Fiquei de boca aberta. — Não me diga que você a tirou de lá.

— Ok, não vou dizer. É hora de dormir. — Ela abriu um sorriso largo e empurrou-me na direção da porta.

— E se a sua varinha tinha as impressões digitais do assassino? Talvez você tenha destruído a única prova que a tiraria da lista de suspeitos. — Torci para que a polícia tivesse verificado a existência de impressões digitais antes que tia Pearl a pegasse de volta.

Ela jogou a cabeça para trás e riu. — Não é uma prova, já que não tive nada a ver com o assassinato daquele homem. Todos estão concentrados no assassinato, mas um outro crime grave foi cometido.

Ninguém deu a mínima para a minha varinha roubada. Portanto, decidi resolver isso por conta própria e peguei-a de volta.

— Você quer dizer que a roubou. Foi o que você fez quando a tirou do armário de provas da polícia. — Balancei a cabeça. — Como posso ajudar você se não ajuda a si mesma? — Adulterar provas era algo que tinha consequências graves.

Tia Pearl me ignorou. — Tenho o direito de pegar coisas que são minhas.

— É um pouco tarde para isso, mas não estou aqui para criticá-la. — Andei de um lado para o outro em frente ao quadro negro. — Há uma coisa que preciso perguntar. Você sabia sobre o caso de Sebastien Plant e Hazel?

Tia Pearl ficou de boca aberta em choque fingido. — Jura?

— Não me venha com joguinhos. Você está dando cobertura a Hazel, mas tia Amber me contou tudo. — Eu estava exagerando, mas, se Amber sabia sobre o caso amoroso, Pearl, a melhor amiga de Hazel, devia saber muito mais. — Foi por isso que vocês duas foram ao caramanchão, não foi?

Tia Pearl franziu a boca e não respondeu imediatamente. — Está bem, eu sabia sobre o caso deles. Não concordo com os princípios morais de Hazel, mas ela nunca mataria Seb. Portanto, não vi motivo para mencionar a presença dela, não queria complicar as coisas mais ainda.

— O amante de Hazel é assassinado em nossa propriedade e você não achou que valia a pena mencionar? — Repeti os detalhes esparsos que tia Amber me contara. — O que mais você sabe sobre Sebastien Plant que não está me contando?

— Ele planejava se divorciar de Tonya e casar com Hazel. — Ela acariciou a estrela na ponta da varinha. — Hazel estava preocupada com a segurança de Seb e pediu que eu a ajudasse a ficar de olho nele.

— O que não adiantou absolutamente nada. Não acredito na sua história. — Aquele era um casal tão improvável quanto Tonya e Sebastien. Hazel tinha mais de setenta anos e Sebastien Plant pouco mais de cinquenta, com uma esposa jovem e atraente na casa dos trinta anos. — Hazel deve ser uns quarenta anos mais velha que Tonya.

— Não seja tão ingênua, Cen. Hazel se transforma da mesma forma como eu e minha atuação de Carolyn Conroe. Tonya também. — Ela soltou uma exclamação de desprezo. — Os homens são tão influenciáveis.

Fiquei de boca aberta. — Tonya é uma bruxa? — Lembrei do comentário de mamãe sobre a varinha de tia Pearl ser atraente para outra bruxa. Tonya a pegara para evitar retaliação de tia Pearl?

Ela assentiu.

— Isso é impossível. Uma bruxa teria percebido seu espetáculo como Carolyn Conroe.

— Ah, Tonya sabia exatamente o que eu estava fazendo. Ela só entrou no jogo para manter as aparências. Já é difícil para ela fingir ser uma viúva triste. — Tia Pearl sorriu. — Ela é uma bruxa medíocre e a magia dela é uma porcaria. Mas há uma coisa em que ela é boa.

— E o que é?

— Em enfeitiçar homens. — Tia Pearl bateu com a varinha no quadro negro. — Você também poderia ser boa nisso, se fizesse um pouco de esforço.

— Você quer dizer como faz com sua atuação de Carolyn Conroe?

Tia Pearl revirou os olhos. — Se você gastasse mais tempo com a WICCA e no mundo da magia, eu não teria que lhe explicar cada pequeno detalhe. Mas finalmente está entendendo. Não só ela é uma bruxa, como está atrás de algo que temos.

— Vai me dizer o que é ou terei que adivinhar isso também?

— Tonya quer a cidade, Cen. Foi esse o motivo real de eu ter queimado a placa da rodovia. Não podia deixar que ela a encontrasse. — Ela limpou uma lágrima imaginária do rosto. — Mas eu fracassei.

— Por que diabos ela quer Westwick Corners? Os Plants são bilionários. São praticamente donos do setor de turismo com os programas, livros e *resorts*. Há milhões de lugares melhores para um *resort* do que nossa cidade quase fantasma. — Quando aquelas palavras saíram da minha boca, subitamente percebi que nem mesmo eu acreditava no futuro da cidade.

Era triste.

Tia Pearl suspirou. — Espero que isso não leve a noite inteira.

Westwick Corners está sobre um dos vórtices de energia do planeta. Nosso vórtice não é tão famoso quanto alguns dos outros, como Stonehenge e Sedona, no Arizona. Gostamos de mantê-lo em segredo. Na verdade, foi por isso que a família West veio para cá originalmente. Ele aumenta nossos poderes. Está entendendo até aqui?

Eu assenti. Sabia vagamente sobre o vórtice de energia, mas a história sobre poderes especiais e portais para outras dimensões ou outros mundos era quase ridícula para mim. — Não vejo como destruir uma placa a deteria. Qualquer bruxa decente seria atraída por um vórtice de energia.

— Somente se ela estiver perto o suficiente para sentir a energia. É por isso que sou contra o turismo, Cen. Tentei o possível para mantê-la longe, mas não foi o suficiente. Agora é tarde demais. — As lágrimas de tia Pearl foram reais desta vez. — O *resort* da Travel Unraveled de Tonya transformará Westwick Corners na Las Vegas do mundo espiritual, mais um local de férias na estrada do sobrenatural.

— Tudo o que existe hoje será derrubado. Eu amo este lugar, Cen. Prefiro morrer a ver nosso pedacinho do paraíso arruinado.

Eu nunca vira tia Pearl tão emotiva antes. — No mínimo, a Travel Unraveled teria revitalizado a cidade inteira. Eles atrairão ainda mais pessoas se promoverem o vórtice. Será melhor para todos nós.

— Um *resort* para bruxas, Cen. Todo o mundo sobrenatural cairá sobre nós. Nossa cidade é frágil demais para ser tomada por seres sobrenaturais. Será um pesadelo. Você não tem ideia de como será ruim.

— Mas os outros *resorts* da Travel Unraveled não são para bruxas.

Tia Pearl só me encarou e balançou a cabeça. — Você tem tanto a aprender, Cen. Só espero que não seja tarde demais.

CAPÍTULO 16

Mantive a promessa que fizera a mamãe e escoltei tia Pearl até o hotel antes de ir para casa. Eu não tinha como garantir que tia Pearl fosse ficar no hotel, mas era o melhor que podia fazer. Depois de tudo o que ela me dissera, eu esperava mais problemas, especialmente com Pearl e Tonya sob o mesmo teto. Alguma coisa terrível aconteceria.

Atravessei o jardim em direção à minha casa. Eu sempre adorara a reclusão da casa da árvore na parte de trás da propriedade, mas, naquela noite, o isolamento me deixou inquieta. Afinal de contas, havia um assassino à solta.

Fiquei feliz por Hazel e Pearl terem resolvido as coisas entre elas, mas também tive receio de que as duas talvez tivessem feito algo que não poderia ser desfeito. Eu pretendia falar com Hazel assim que acordasse na manhã seguinte para perguntar sobre a visita e o homem estranho no caramanchão. Ela corroboraria a versão de tia Pearl ou eu pegaria as duas em uma mentira. O atacante com capuz preto correndo pelo gramado poderia ser apenas uma invenção, mas eu não tinha mais para onde ir.

Quando cheguei à minha casa, estava praticamente dormindo de pé. Fora um longo dia. Subi devagar a escada espiral que levava à casa, que ficava aninhada em um carvalho imenso. No decorrer dos anos, a estrutura original fora modificada e aumentada à medida que os galhos permitiam. A árvore também crescera e, agora, um dos galhos atravessava a sala de estar.

Considerei os comentários de tia Pearl sobre Sebastien Plant querer o divórcio. Aquilo dava a Tonya um motivo muito bom para matar. Mas, se ela tivesse cometido o crime, certamente não fora sozinha. Para começo de conversa, Sebastien tinha do dobro do tamanho dela.

Lembrei-me do bilhete que fora deixado na cena do crime. Conseguia ver as letras claramente como se ele estivesse à minha frente. Falei baixinho as primeiras linhas ao chegar no topo da escada:

EMBORA ANDES deveras em tuas rondas,
É melhor que corras e que te escondas,
Nas viagens construíste todo um mundo,
Mas teu fim pode chegar em um segundo.

PAREI no pórtico ao pensar sobre o estilo.

Hazel era estrangeira.

Tia Pearl, não.

A visita de Hazel coincidia com o assassinato. Apesar de ela parecer incapaz de matar, eu não a conhecia muito bem. Talvez, no fim das contas, tivesse sido ela.

Estremeci e abri a porta de madeira pesada. Ao passar pelo batente, decidi esquecer de tudo e dormir. Eu estava muito cansada e já era tarde. Pelo menos pelas próximas horas, eu poderia me esconder em meu castelo rústico de conto de fadas e esquecer do mundo. A única coisa que eu queria era minha cama confortável. Todos os problemas ainda estariam lá na manhã seguinte.

Vi uma silhueta preta e branca quando Alan correu para a porta, abanando a cauda. Pelo menos, alguém ficara feliz em me ver. Senti uma pontada de culpa quando ele me empurrou para a cozinha e bateu no prato de comida com a pata.

Eu deixara comida extra para ele quando saíra pela manhã, mas não esperara ficar fora por tanto tempo. Pobre Alan. Enchi o prato de comida e o de água e fiquei observando-o enquanto comia, pensando em Hazel. A última vez em que eu a vira fora um mês antes, quando ela e Pearl tiveram a briga.

Alan me dava a desculpa perfeita para entrar em contato com Hazel. Eu poderia pedir a ela que devolvesse a forma humana a Alan e, ao longo da conversa, descobrir mais sobre o paradeiro dela na hora do assassinato.

— Finalmente você chegou em casa! — Uma aparição fantasmagórica flutuou na porta da cozinha.

Meu coração quase parou até que eu me lembrasse de que vovó Vi, ou Violet West, se mudara para a minha casa na tarde do dia anterior, sob muitos protestos. A antiga suíte dela no hotel era agora um quarto de hóspedes. Dividiríamos a casa temporariamente até que eu me mudasse para morar com Brayden dali a algumas semanas. Nenhuma das duas gostou da ideia, mas simplesmente não havia outra opção.

— Você ficou acordada esperando? — Senti uma pontada de ternura com a ideia.

— Não seja tola, Cen. Fantasmas não dormem. — Vovó Vi fungou. — Onde estão suas toalhas? Não consigo encontrar nada nesta confusão. Você é tão desorganizada.

— Você é um fantasma. Por que precisa de uma toalha? — Vovó Vi tinha falecido dois anos antes e imediatamente voltara para nos assombrar. Durante todo aquele tempo, ela nunca pedira uma toalha. Suspeitei de que ela só queria uma desculpa para bisbilhotar sem ser óbvia demais. Não que fantasmas não fossem óbvios.

Vovó Vi suspirou e balançou a cabeça. — Você não entenderia. Sua mente confusa é igual a esta casa confusa. Nada está no lugar.

— As toalhas ficam no armário de roupas de cama, mesa e banho.

— Não vou entrar lá. — Vovó Vi flutuou à minha frente e bloqueou o caminho.

Eu não entendi por que um fantasma que atravessava paredes

estava com medo de um armário. — Como quiser. Mais alguma coisa?
— Só o que eu queria era alguns minutos de paz e silêncio antes de
dormir.

Vovó Vi jogou os braços para cima. — Aquele armário é uma
bagunça. Talvez você tenha escolhido a profissão certa, no fim das
contas.

— O que quer dizer com isso? — Depois de um dia frustrante com
o ensaio do casamento, o fiasco de tia Pearl na inauguração do hotel e,
claro, o assassinato de Plant, eu só queria cair na cama e dormir. Virei
de lado para passar por vovó Vi.

Ela se recusou a me dar passagem, apesar de, tecnicamente, eu
conseguir passar através da forma transparente dela. Mas eu respeitava os mais velhos, mesmo que eles não me respeitassem.

— Você tem tantas perguntas, mas nunca consegue respostas. Os
jornalistas não deveriam ter as duas coisas? — Ela abaixou as mãos e
deu um passo para o lado para me deixar passar. — Ahhh... você está
pensando em um homem, e não é em Brayden.

Vovó Vi era, ou fora, uma bruxa como todas nós. Mas, desde que se
tornara um fantasma, também conseguia ler mentes. No meu estado
de cansaço, abaixara a guarda e esquecera de bloquear meus pensamentos. Nem mesmo percebera que estava pensando nele.

Era difícil não imaginar o corpo musculoso de Tyler Gates sob o
uniforme de delegado. — É só o novo delegado. Ele começou hoje —
disse eu no tom mais inocente que consegui. Eu não sabia se vovó Vi
conseguia ver as imagens na minha mente ou só as palavras, mas era
assustador saber que conseguia ler meus pensamentos mais íntimos.

— Temos um assassinato nas mãos. — Contei a ela sobre o que
acontecera no caramanchão, incluindo a varinha mágica de Pearl.
Omiti os comentários de tia Pearl sobre Tonya e os planos do *resort*
porque não queria deixá-la chateada.

Vovó Vi flutuou atrás de mim quando tirei os sapatos e fui para a
sala de estar. — Acho que vou fazer um reconhecimento. — Ela
parecia ansiosa para fazer alguma coisa.

— Não, vovó. Deixe isso com a polícia. — Mudei de assunto. —
Mamãe está preocupada com o impacto no hotel.

Vovó Vi sorriu. — No fim das contas, talvez eu consiga meu velho quarto de volta.

— Duvido muito. — O assassinato acabaria com nosso negócio antes mesmo que ele começasse. Agora nunca recuperaríamos os gastos com as reformas. A única forma de vovó Vi ter ficado no hotel seria no mesmo quarto que tia Pearl. As discussões delas só teriam atraído uma atenção indesejada. Além do mais, vovó Vi teria perambulado pelo hotel assustando os hóspedes.

Mudei de assunto. — O hotel está absolutamente maravilhoso. — Tínhamos feito de tudo para que a reforma ficasse o mais autêntica possível, incluindo os vitrais e os pisos de madeira. — Ele parece novo.

— Eu não tenho como saber. — Ela fungou. — Fui banida, sou mantida prisioneira nesta árvore idiota. Se quer minha opinião, isto é perseguição.

— É para o bem de todos, vovó. De alguma forma, precisamos ganhar dinheiro e isto é tudo que temos. Você pode visitar o hotel quando os hóspedes partirem. Parecerá como nos velhos tempos, quando você morava lá.

— Exatamente que idade você acha que eu tenho? Aquele lugar já era velho quando eu morava lá. — Mesmo depois de morrer, vovó Vi ficava irritada quando se falava na idade dela.

— Você não é velha. Só é mais velha que eu. — Fui para a sala de estar e sentei-me no sofá.

— Chega de falar de idade. Vamos voltar ao assunto do assassinato. É perigoso demais fazer seu casamento aqui, Cen. Você deveria cancelá-lo. — Vovó e Brayden não se davam bem. Mas vovó Vi estava morta para Brayden, já que ele não conseguia ver fantasmas. Então, na verdade, era apenas vovó Vi que não se dava bem com ele.

— Não vou cancelar o casamento. Por que eu faria isso? — Pelo menos, vovó ainda não lera minha mente sobre aquilo. Recostei-me no sofá, exausta.

Ela deu de ombros. — A esperança é a última que morre. — A forma dela gradualmente se solidificou quando ela flutuou através da sala e parou à minha frente.

Contei o restante dos eventos do dia, incluindo a demonstração pirotécnica de Pearl na estrada e o show de Carolyn Conroe. — Ela precisa pegar mais leve antes que espante mais um delegado. Não podemos ter uma cidade sem lei. Pode conversar com ela?

— Verei o que posso fazer. Agora, fale sobre esse novo delegado.

Descrevi o que acontecera no meu escritório e a aceitação rabugenta da multa por parte de Pearl. — Mas ele pareceu aguentar firme contra Pearl. Ela não pode simplesmente atear fogo nas coisas quando não consegue o que quer. — Tyler Gates fora o primeiro delegado a realmente enfrentar tia Pearl. Talvez ele durasse, no fim das contas.

Vovó Vi suspirou. — Diga a ela para vir falar comigo.

CAPÍTULO 17

Eu tinha acabado de pegar no sono quando acordei com latidos do lado de fora da janela.

— Acorde, Cen. — Vovó Vi estava flutuando acima de mim, acenando com os braços transparentes. — Abra a janela. Alan está do lado de fora.

Abri a janela e olhei para baixo. Alan estava correndo em círculos e ganindo. Eu não me lembrava de tê-lo deixado sair.

Alan rosnou e correu alguns metros em direção ao vinhedo. Em seguida, inverteu o curso e correu de volta para baixo da janela, olhando para nós com um olhar implorante.

— Não consigo enxergar no escuro, espere um pouco. — Peguei uma lanterna que estava sobre a mesinha de cabeceira e fui para a porta da frente. Vovó Vi flutuou logo atrás de mim. Alan entrou correndo assim que abri a porta. — Eu queria muito que você conseguisse falar.

Alan sacudiu o corpo peludo e ganiu ao olhar para mim.

— O que foi? — Minha voz sumiu quando lembrei que, por uma questão de horas, não conseguira encontrar Hazel para ter uma chance de Alan voltar ao normal. Eu me senti triste por meu irmão.

Alan andou de um lado para o outro e, em seguida, foi para a sala de estar.

— Ele está dizendo para ir até a janela. — Pelo jeito, vovó Vi também conseguia ler a mente dos cachorros ou, pelo menos, uma mente humana presa em um corpo canino.

Eu o segui até a sala de estar, com vovó Vi flutuando logo atrás. Fui até a janela e puxei as cortinas. A janela tinha vista direta para o vinhedo. As nuvens obscureciam parcialmente a lua, dando ao céu noturno um brilho tênue. Era luz suficiente para iluminar a silhueta do vinhedo, mas nada mais. — Não consigo ver nada.

Alan saltou sobre o sofá e cutucou meu braço com o focinho.

— Ali? — Virei-me para a direita e vi duas silhuetas paradas na beirada do vinhedo, a poucos metros de distância uma da outra. Estava escuro demais para ver as feições, mas percebi que eram dois homens magros.

— É Brayden! — Vovó Vi balançou a cabeça. — O que diabos ele está fazendo em nosso vinhedo? Nunca confiei naquele rapaz. Ele está aprontando alguma coisa.

— Você não tem como reconhecê-lo daqui. — Estreitei os olhos, mas não fez diferença nenhuma.

— Você precisa consultar um oftalmologista, Cen. Ou talvez simplesmente não queira encarar os fatos sobre seu noivo.

— Que fatos? — Brayden nunca dissera uma palavra ruim a vovó Vi. Eu não conseguia entender por que ela o desprezava tanto.

Vovó Vi me ignorou.

— O que Brayden está fazendo com aquele outro homem? — Vovó Vi flutuou até ficar ao meu lado perto da janela.

— Não consigo enxergar... — Estreitei os olhos novamente, mas só vi as silhuetas no escuro.

— Eles estão contando passos, como em um duelo.

Brayden em um duelo no vinhedo no meio da noite era algo ridículo, mas, agora que meus olhos tinham se ajustado à escuridão, vi que vovó tinha razão. Reconheci o andar lento dele, que andava em uma linha reta contando cuidadosamente os passos.

— Eles estão medindo os passos em um quadrado grande, Cen. É exatamente o tipo de coisa que as pessoas fazem quando fazem o loteamento de uma propriedade.

— É mesmo? — Parecia um método nada confiável de fazer levantamento de uma propriedade para os dias atuais. — Desde que não sejam vinte passos para um duelo, está tudo bem. — Eu me lembrei dos planos de loteamento da Centralex no quarto de Tonya e tive uma sensação estranha. Ainda não queria contar aquilo a vovó Vi. Eu me afastei da janela e voltei para o quarto, onde a cama macia me aguardava.

— Espere, Cen. Espero que não esteja adicionando outros negócios aqui sem me falar. — Ela fungou. — Já é ruim o suficiente ser chutada da minha própria casa e ficar exilada neste forte bagunçado na árvore. Acho que até mesmo esta árvore será cortada para dar lugar à selva de pedra. Não terei onde morar. — A aparição estremeceu, como sempre acontecia quando ela estava chateada.

— Nada disso acontecerá — disse eu. — Eles devem ter saído para tomar um pouco de ar fresco. — Mas a caminhada de Brayden depois da meia-noite também levantou minhas suspeitas. Ele evitava exercícios sempre que possível, incluindo passeios a pé. Tudo tinha que ter uma finalidade. Vovó Vi tinha razão, alguma coisa estava acontecendo.

— Lá vem o outro cara. — Vovó Vi apontou para um homem a alguns metros de Brayden. Ele inverteu o curso e começou a andar de volta na direção de Brayden. Ao chegar perto dele, ficou claro que era um pouco mais alto e tinha cabelos mais compridos. Não era alguém da cidade nem ninguém que eu reconhecesse.

— Com certeza, eles estão medindo alguma coisa. Também não estou gostando nada disso — comentei. Não havia motivo algum para que Brayden estivesse mostrando nossa propriedade para um estranho.

Alan rosnou concordando e, em seguida, deitou-se no chão.

Vovó olhou para ele. — Coitadinho, você deve estar exausto.

Fui até a cozinha e abri a geladeira, encontrando um osso para que Alan roesse. — Perguntarei a Brayden amanhã. — Logo antes de partir o coração dele. Lembrar-me disso fez com que eu ficasse de mau humor de novo. Subitamente, eu não senti mais sono nenhum.

— Mais uma coisa, Cen.

— O que foi agora?

— Eu sei qual é o seu segredo. — Vovó implicou comigo como se fosse uma colegial no dia dos namorados. — Você estava sonhando com ele.

— Você invadiu meus sonhos? — Ela estava ultrapassando os limites e não gostei nem um pouco daquilo. Seria tolerável por algumas semanas, mas, se eu cancelasse o casamento, aquilo seria permanente. Tínhamos que encontrar outra forma de resolver o problema de moradia dela.

— Você está atraída por alguém e não é por Brayden.

— Não sei do que você está falando. — Fechei os olhos e tentei ignorá-la.

— Aquele delegado novo é bonitão. Por que não fica com ele? — Ela abriu um sorriso fantasmagórico.

Senti o rosto quente. Eu não pretendia ficar com ninguém, muito menos Tyler Gates. A atração física que sentia por ele era natural em qualquer mulher de sangue quente, não era? Eu disse a mim mesma que era só isso, mas não conseguia tirá-lo da cabeça. Quando o sono me invadiu, meus pensamentos se voltaram para o casamento. Só que, desta vez, o noivo não era Brayden Banks.

CAPÍTULO 18

Acordei pouco antes das sete horas da manhã, ainda exausta depois de uma noite praticamente sem dormir. Abri uma lata da comida favorita de Alan e servi uma porção em dobro para compensar o fato de ter chegado tarde na noite anterior. Prometi a mim mesma que convenceria Hazel a resolver o caso do meu irmão.

Meu estômago roncou quando senti o cheiro da comida de cachorro. Eu queria cafeína, ovos e torradas. Como vovó Vi era um fantasma, ela não comia. Portanto, decidi ir para o hotel tomar o café da manhã. Uma refeição farta era exatamente do que eu precisava para alimentar minhas habilidades de investigação.

Olhei para Alan, que já devorara a comida e esperava impacientemente ao lado da porta. Eu o deixei sair enquanto me lembrava dos eventos da noite anterior.

A visita secreta de Brayden me incomodava e eu me lembrei dos comentários de tia Pearl sobre Tonya. Não achei que Brayden e Tonya se conhecessem, mas o interesse mútuo em nossa propriedade parecia muita coincidência. Eu pretendia chegar ao fundo daquilo.

Deixei vovó Vi e Alan com a tarefa de vigiar e prometi voltar em algumas horas. Nem vovó nem Alan conseguiam usar o telefone, portanto, eu teria que voltar à casa da árvore mais tarde naquela manhã. Convenci vovó Vi de que Alan precisava de companhia. Era a única forma de persuadi-la a ficar na casa da árvore. Com tudo o que estava acontecendo, vovó Vi estava louca para visitar o hotel, mas isso só complicaria as coisas.

Passei pelo vinhedo e atravessei o jardim a caminho do hotel. Meu coração deu um salto quando vi o carro de Tyler Gates no estacionamento. Alisei os cabelos, arrependendo-me de ter vestido uma camiseta larga, bermuda e tênis, e de não ter aplicado maquiagem. Senti um frio no estômago, algo que não me lembrava de ter sentido antes.

Andei mais devagar e repassei os objetivos do dia. Eu tinha muita coisa a fazer. A primeira coisa da lista era investigar Tonya, confirmar que ela era uma bruxa e validar a alegação de tia Pearl sobre o vórtice. Os planos de loteamento provavam que ela estava de olho na nossa propriedade, mas isso não a transformava em uma assassina.

Em segundo lugar, precisava falar com Hazel. A visita dela coincidira exatamente com a de Sebastien e Tonya, o que era ainda mais suspeito, considerando o triângulo amoroso. Hazel agira oficialmente pela WICCA, como tia Pearl alegara, ou viera a Westwick Corners por motivos pessoais? Eu apostava na segunda opção. Além disso, estava furiosa com Hazel. Se ela se reconciliara com tia Pearl, o mínimo que poderia ter feito era reverter imediatamente a maldição de Alan.

Em resumo, eu conduziria minhas próprias sondagens em paralelo com a investigação da polícia. Mas eu me concentraria nos elementos sobrenaturais, enquanto o delegado atacava os elementos comuns. Obviamente, o delegado não sabia disso.

O principal nas duas linhas de investigação era encontrar o homem do capuz preto. Eu não tinha nenhuma pista, mas precisava começar em algum lugar. Talvez devesse pressionar o delegado para obter mais informações sobre o homem misterioso como pretexto para uma história. Torci para que ele estivesse seguindo aquela pista.

Enquanto isso, tia Pearl continuava a se incriminar. Acima de tudo, eu precisava tirar o foco dela, que era a suspeita número um. Se o álibi dela com Hazel se confirmasse, eu tinha confiança de que conseguiria desviar a investigação de volta para a direção correta. Hazel era menos evasiva que minha tia e, desde que ela cooperasse, eu provavelmente conseguiria livrar as duas.

Obviamente, se elas fossem inocentes.

A inteligência de tia Pearl me levava a acreditar que ela não estava envolvida, mas a única forma de direcionar a investigação oficial para o verdadeiro assassino era encontrar uma pista, fosse Tonya, o cara de capuz preto ou outra pessoa. Uma boa pista tiraria as suspeitas de minha tia e garantiria que a justiça fosse feita.

Por fim, mas não menos importante, eu precisava fazer o que fosse possível para garantir que Tyler Gates permanecesse no emprego. Eu não queria que o delegado desistisse de nossa cidade, mas talvez os elementos sobrenaturais fossem demais para ele.

A revelação de tia Pearl sobre Tonya dava um ângulo totalmente novo ao caso. O mundo da feitiçaria era pequeno, mas eu nunca ouvira falar de Tonya. Precisava investigar o passado dela.

Eu estava tão perdida nos pensamentos que colidi com tia Pearl ao cruzar o caminho da entrada.

— Ei! — Tia Pearl balançou sobre uma perna antes de recuperar o equilíbrio. — Olhe por onde anda.

— Desculpe. — Olhei para as janelas da sala de jantar do hotel, torcendo para que ninguém, especialmente o delegado Gates, tivesse percebido como tia Pearl fora ágil. Seria duplamente difícil explicar que a varinha era uma bengala se ele tivesse testemunhado a colisão e os movimentos de ioga avançados de minha tia.

— É hora da aula. — Tia Pearl acenou para que eu a seguisse.

— Não pode esperar que eu tome o café da manhã? — Eu me arrependia da promessa que fizera na noite anterior, mas não havia muito o que pudesse fazer sobre isso agora. Obviamente, ela passara a noite acordada aguardando-me, pois não costumava acordar cedo.

Tia Pearl balançou a cabeça negativamente. — Tem que ser agora. Descobri mais algumas coisas sobre Tonya.

Meu coração bateu mais depressa ao imaginar o pior. — Não me diga que você voltou ao quarto dela.

— Não exatamente.

— Pode ser mais específica?

Tia Pearl olhou em volta para ter certeza de que ninguém estava ouvindo. — Aqui não. Siga-me.

$\mathcal{U}$ma hora depois, eu me remexi no banco na primeira fileira da sala de aula da Escola de Encantamento de Pearl. Eu me esforçava para ficar consciente e conter meu temperamento, pois estava com sono e com uma fome gigantesca. Além disso, a falta de café me dera uma dor de cabeça.

Eu não conseguira ficar mais perto de descobrir as revelações de tia Pearl sobre Tonya. Ela se recusava a divulgar qualquer detalhe até que eu completasse a primeira lição de magia. Mais um dos truques dela.

Tia Pearl bateu com a varinha no quadro negro. — E é assim que você faz um feitiço de reversão. Entendeu?

Eu assenti, mas estava tão distraída com a crescente lista de coisas a fazer que tinha perdido alguns passos.

— Então vejamos como se sai.

Franzi a testa. — Podemos fazer isso mais tarde? Temos que nos concentrar em solucionar o assassinato de Plant.

— Não, não, senhorita. Agora ou nunca. — Ela bateu com a ponta da varinha na palma da mão.

— Você precisa devolver essa varinha, tia Pearl. É uma prova.

— Não é nada disso. É minha varinha de reserva.

— Mas na noite passada você disse que a tinha pegado no armário de provas da polícia.

— Eu não disse nada disso. Você achou isso e eu não me dei ao trabalho de corrigi-la. Toda boa bruxa tem uma varinha de reserva, Cendrine. Sempre tenha um plano de reserva.

— Você só está inventando isso para que eu pare de perturbá-la. Precisa devolver a varinha para o delegado, tia Pearl.

— Não sei do que você está falando. — Tia Pearl bateu os cílios várias vezes. — Esta varinha esteve aqui o tempo todo.

— Eu sei que você não tem duas varinhas. O que não entendo é por que quer inventar essas coisas.

Tia Pearl balançou a cabeça lentamente. — No começo, achei que era a minha varinha lá no caramanchão. Mas não era, era só uma réplica perfeita. Minha varinha esteve aqui o tempo todo.

— Não acredito em você.

— Pense bem, Cen. É claro que eu tinha a minha varinha. Como acha que eu teria conseguido mudar para Carolyn Conroe na noite passada?

— A pergunta mais importante é por que você teve que mudar.

— Ahá! Achei que nunca perguntaria. Eu precisava distrair Tonya enquanto Hazel fazia o que tinha que fazer.

Eu não gostei do rumo da conversa. — O que exatamente Hazel tinha que fazer?

— Salvar Westwick Corners da destruição e da ruína.

— Você está sendo dramática demais. — Eu me levantei para ir embora.

Tia Pearl acenou para que eu me sentasse novamente. — Tonya fez uma poção para enfeitiçar Ruby, Amber, você e eu. Ela pretende usá-la no café da manhã. Era por isso que eu tinha que interceptar você.

— Mas e mamãe? Ela está no hotel preparando o café da manhã totalmente sozinha. Não deveríamos avisá-la?

— Relaxe. Ela já sabe de tudo.

Ainda não fazia sentido para mim. — Por que ela quer usar a poção em mim? Não sou proprietária. — Eu conseguia entender que mamãe e minhas tias fossem alvos, mas eu não tinha interesse na propriedade.

— Não, mas Tonya sabe que você é uma bruxa. Você tem influência. Ela precisa neutralizá-la para que não desfaça o feitiço. E este é outro motivo pelo qual você está aqui. Precisa afiar suas habilidades mágicas se quiser nos defender.

Senti um nó na garganta. — Defender vocês do quê?

— A poção de Tonya tirará a vontade própria. Ficaremos completamente sob o comando dela, incapazes de pensar ou de tomar decisões. Ela nos forçará a assinar os papéis e entregar a propriedade por um preço ridículo. Ficaremos sem dinheiro e sem casa.

— Ela não pode fazer isso nos dias de hoje, tia Pearl. Tem que haver um recibo de venda e a transferência da escritura. Não funcionará.

Tia Pearl revirou os olhos. — Você está ficando distraída com toda essa porcaria burocrática. Ela fará com que pareça normal, mas não é o que estará acontecendo. Mas isso não é o pior. Depois de perdermos a vontade própria e a capacidade de fazer escolhas, ela nos forçará a desistir de nossos poderes.

— Não vejo como isso é possível. Nascemos com esses poderes.

— Nascemos, mas, como temos vontade própria, podemos desistir deles. — Ela me encarou. — Mais ou menos como você vem fazendo, escondendo seus talentos. Se você não usá-los, acabará perdendo-os, Cen. Tonya já planejou tudo. Exceto que ela não sabe o que encontramos no quarto dela na manhã de sexta-feira.

— Você quer dizer os planos? — Lembrei-me da visita ao quarto dos Plants e percebi que tia Pearl sabia um pouco demais sobre o que havia nele. — Você esteve lá algumas vezes antes de me levar ao quarto deles, não esteve?

— Não. — O sorriso dela era malicioso.

— Não consigo entender você às vezes. Disse que não quer Tonya aqui, mas é quase como se a tivesse atraído para cá. Você sabe muito mais do que diz. Eu só queria que fosse honesta. Se não quer contar ao delegado, pelo menos conte para mim para que eu possa ajudar.

— Eu tive que mudar para o plano B — disse tia Pearl. — Você sabe o que Confúcio diz: mantenha os amigos próximos e os inimigos mais próximos ainda. Investiguei os Plants antes para que pudesse ficar de olho em Tonya.

— Duvido que Confúcio quisesse dizer que era para você provocar algum desastre, mas tudo bem. — A única coisa boa era que, se tia Pearl realmente estava vigiando Tonya, pelo menos poderia verificar algumas das alegações dela.

Tia Pearl tirou um recibo amassado do bolso e entregou-o a mim. — Olhe isso. Estava sobre a cômoda no quarto dos Plants.

O recibo do Walmart de Shady Creek era de quinta-feira às 23h15. Os itens incluíam luvas de látex e sacos plásticos de lixo, comprados com dinheiro.

— Você tirou isto do quarto de Tonya?

Tia Pearl assentiu. — Na verdade, Hazel o pegou. Agora, nós só precisamos entregar ao delegado sem que pareça que estamos cooperando.

— Nós? — Se fosse mesmo uma prova, tia Pearl a comprometera ao tirá-la do quarto de Tonya. — É um assassinato, tia Pearl. É muito maior do que sua bronca com o delegado. Entregue o recibo a ele você mesma. — O delegado já sabia que Tonya e Sebastien Plant tinham chegado ao hotel mais cedo, mas, se considerava Tonya a principal suspeita, era uma questão inteiramente diferente. Eu me senti mal por ele, pois minha tia estava deliberadamente ocultando provas.

— Não, quero que você o entregue a ele. — Ela colocou o recibo sobre a minha mesa.

— Por que eu?

— Não aguento nem olhar para aquele homem.

Eu estava perdendo a paciência, mas alguém tinha que dar alguma prova a ele e depressa. Os itens certamente pareciam sinistros quando comprados juntos. — Está bem, eu entregarei a ele.

Se tia Pearl estivesse certa sobre Tonya, não tínhamos tempo a perder.

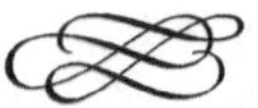

CAPÍTULO 20

De forma verdadeiramente sobrenatural, tia Pearl parecia muito normal quando, na verdade, era o oposto. As bruxas frequentemente exageravam o comum e desmereciam grandes eventos. Aquele era um desses momentos e eu temia o pior.

— Você destruiu a cadeia de custódia ao tirar a prova de lá, tia Pearl. Não adianta agora.

— É nisso que você está errada, Cen. Pode não adiantar em um tribunal mortal, mas temos todas as provas de que precisamos para um tribunal sobrenatural. É esse que conta.

Eu discordava. Os tribunais de Washington eram muito reais e os vínculos de tia Pearl facilmente iam além de uma dúvida razoável. — Ahm... porque você já tinha roubado a prova.

— Esta varinha é minha, Cendrine. Como posso roubar uma coisa que já era minha?

Estávamos discutindo em círculos. Tia Pearl estava tentando me confundir e resolvi mudar de assunto. Não estava dando certo.

— Ahá! Então você realmente a roubou. — Balancei a cabeça exasperada. — Como posso ajudá-la se você não coopera?

Tia Pearl não disse nada enquanto estudava os próprios pés.

— Só quero que me conte a verdade, tia Pearl. Prometo não

denunciá-la à WICCA. — Tia Pearl sempre ficava no limite das regulamentações da WICCA. Era uma fonte constante de constrangimento para tia Amber, que achava que o desrespeito da irmã mais nova às regras manchava a reputação da família West.

— Denunciar-me pelo quê? Eu não fiz nada. — Tia Pearl me lançou o olhar mais inocente que conseguiu.

— Há alguma coisa que você não está me contando. Posso ver em sua expressão.

— Isso é ridículo.

Peguei meu celular. — Varinhas perdidas são um problema grave, especialmente quando acabam nas mãos de alguém que não é uma bruxa. Vou telefonar para tia Amber e contar a ela o que aconteceu. Ela saberá o que fazer.

— Cen, pare. — Tia Pearl andou de um lado para o outro em frente ao quadro negro. — Por favor, não telefone para Amber. Não telefone para ela. Ela jogará o livro na minha cabeça.

Guardei o celular na bolsa. — Então comece a falar. Conte como sua varinha acabou na cena do assassinato.

— Eu não faço ideia. Aquela varinha deve ser uma imitação. Você tem que acreditar em mim, Cen. Não é a minha varinha.

Aquilo era fácil de provar. — Então vou telefonar para o delegado Gates para confirmar isso. Se estiver falando a verdade, ele ainda terá a varinha falsa no armário de provas da polícia. — Eu não tinha a menor intenção de telefonar para ele, mas tia Pearl não sabia disso.

— Não... espere. Eu estava no caramanchão, esperando você e Ruby. Vi tudo.

— Achei que você e mamãe tinham ido juntas.

— Isso foi depois. Voltei ao hotel depois da luta — explicou tia Pearl. — Fui até o caramanchão alguns minutos mais cedo, pois pretendia praticar alguns minutos de magia antes que todos chegassem. Vi o que aconteceu.

— Você viu o assassinato?

— Sim — sussurrou ela, com o rosto branco como o de um fantasma. — Achei que era só uma luta. Não sabia que ele tinha morrido.

— Depois que soube que fora um assassinato, ainda assim não contou nada ao delegado. Por quê? — Subitamente, percebi que ela mantivera o segredo para mais uma pessoa. — Você também não contou para mamãe, contou? Andou de volta para o hotel, levando-a com você e sabendo que alguém estava ferido ou morrendo no caramanchão.

— Não, Cen. — Tia Pearl franziu a testa, esfregando-a com os dedos. — Eu não sabia que alguém tinha morrido. Vi dois homens lutando. Eu me escondi atrás de um arbusto. Quando os gritos pararam, vi um dos homens ir embora. Supus que o outro já tinha ido. Eu não sabia que ele estava lá, muito menos que estava morto. Se eu soubesse, teria tentado ajudar.

Desta vez, eu acreditei nela. — Como era esse homem?

— Não consigo me lembrar. Aconteceu rápido demais.

— Mas você estava lá.

Tia Pearl assentiu. Uma única lágrima escorreu pelo seu rosto.

— Então não há nada com que se preocupar — disse eu.

— Hã?

— Podemos fazer um feitiço de reversão e desbloquear a verdade.

— Ah.

Ela estava mentindo novamente. — Você não estava lá, estava?

— Não exatamente — respondeu tia Pearl. — Houve um assalto aqui na escola ontem. — Ela apontou para um vidro quebrado na porta. — Alguém roubou minha varinha enquanto eu estava no banheiro. Eu o persegui até o caramanchão, mas foi tarde demais.

A imagem de tia Pearl correndo atrás de um criminoso surgiu na minha mente. Tanto aquilo quanto a chance de um assalto à plena luz do dia em nossa cidade tinham probabilidade quase zero. Por outro lado, o assassinato também. — Por que você não mencionou isso antes? Como era o intruso? — A expressão de medo dela indicou que, desta vez, estava dizendo a verdade. Deixar uma varinha sem supervisão era proibido pela WICCA. Supus que minha tia acorbertara esse fato para evitar uma repreensão e uma multa da WICCA.

— Eu não consegui ver direito, Cen. Mas era um homem que usava um capuz preto. Essa parte é verdade. Eu só o vi de costas.

— Alto, baixo, magro, gordo? Pelo menos isso você deve saber.

— Não sei... talvez alguns centímetros mais baixo que Sebastien Plant.

Sebastien Plant tinha cerca de um metro e noventa e cinco centímetros de altura. Portanto, o outro homem deveria ter aproximadamente um metro e oitenta. — Então, você o seguiu até o caramanchão. O que aconteceu depois?

— Sebastien Plant já estava lá. Ele discutiu com o homem de capuz. Eles lutaram e, subitamente, Plant caiu.

Rezei para que tia Pearl não estivesse mentindo novamente. — Sobre o que eles estavam discutindo?

— Eu não estava perto o suficiente para ouvir o que diziam. Como disse antes, quando ouvi que estavam lutando, eu me escondi.

Uma imagem de tia Pearl rastejando de quatro pelos arbustos surgiu na minha mente. — Nem mesmo um pedacinho da conversa?

Tia Pearl balançou a cabeça negativamente. — Nada.

Audição seletiva. O que era estranho, considerando nossa capacidade sobrenatural de amplificar o som...

Sebastien Plant era famoso o suficiente para que todos na cidade soubessem sobre nosso hóspede de honra. Qualquer pessoa que fosse contra o turismo poderia ter algo contra ele. Como tia Pearl.

— O que aconteceu a seguir?

— O homem fugiu.

— Você deve ter visto o rosto dele nesse momento, quando ele se virou na sua direção.

Tia Pearl sacudiu a cabeça negativamente. — Eu o ouvi indo embora, mas não consegui vê-lo bem do local onde estava escondida. Esperei alguns minutos e corri de volta para o hotel. Entrei em pânico e esqueci completamente de pegar minha varinha de volta. Não coloquei os pés no caramanchão e não sabia que Plant não tinha saído de lá.

Estreitei os olhos. Tia Pearl certamente estivera no caramanchão quando cheguei para o ensaio do casamento. Ela deve ter imaginado minha conclusão.

— Eu juro, Cen. Eu não tinha visto Plant até você chegar e nós duas cairmos sobre ele. Mas acabei de me lembrar de uma coisa — disse tia Pearl. — Eu não consegui entender o que Plant disse porque ele estava tropeçando nas palavras e cambaleante. Ainda pior do que quando chegaram ao hotel.

O estado de embriaguez de Plant aumentava a possibilidade de um homem menor tê-lo derrubado. Aquilo era interessante, mas, sem uma descrição, era quase impossível definir um suspeito.

Mas uma coisa ainda me incomodava. — Você não voltou para pegar a varinha? — Era difícil acreditar que ela não a recuperaria depois de termos tropeçado no corpo de Sebastien Plant. Ela sabia que a varinha estava lá e era algo importante demais para que se esquecesse. Ela quase certamente estava escondendo alguma coisa.

A varinha dela não servia para mais ninguém, pelo menos, não para feitiçaria. Apesar das suspeitas de mamãe, eu sabia que outra bruxa teria dificuldades em desbloquear os poderes dela e não se daria ao trabalho. Além de nossa família, não havia outras bruxas em Westwick Corners. — Você nunca vai a lugar algum sem ela.

— Eu estava assustada. Mas não achei que ele estivesse morto, Cen. Talvez inconsciente ou algo assim. Achei que, se eu disse alguma coisa, ficaria ainda mais encrencada com o delegado.

— Bem, você está muito encrencada no momento. Percebe que tudo aponta para você? — Tia Pearl não tinha um álibi, a varinha dela era a arma do crime e ela tinha um motivo, que era impedir o turismo a todo custo. Mas eu sabia, no fundo do coração, que ela não era uma assassina. — Precisamos encontrar uma forma de explicar isso ao delegado sem mencionar as partes sobre magia.

— Você vai trair sua própria carne?

— Não seja ridícula, tia Pearl. Mas você tem que admitir que não parece nada bom. Por que não pode cooperar?

— Por que eu deveria? Se não tivéssemos começado esse turismo idiota, o cara ainda estaria vivo.

— Talvez sim, talvez não. Mas tenho certeza de uma coisa.

— Do quê?

— Quando formos expostas como bruxas, a vida não será nada agradável para nenhuma de nós.

CAPÍTULO 21

— Diga-me o que sabe sobre Tonya. — Mal termináramos a primeira lição quando fui informada de que era apenas a primeira das setenta e sete Pérolas de Sabedoria de Bruxaria com as quais eu tinha concordado. Eu não me lembrava de ter concordado, mas brigar com tia Pearl me cansava demais. Eu precisava muito de cafeína. — Como eu nunca ouvi falar dela?

Tia Pearl fez um movimento com o braço e balançou a cabeça. — Você bloqueou o mundo da magia por tanto tempo, Cen. Quando não frequenta os círculos certos, tende a perder muitas coisas.

— Está bem. Prestarei mais atenção de agora em diante. — Eu estava cansada das chantagens emocionais de minha tia, mas começava a entender o ponto de vista dela sobre ignorar minha herança de bruxaria. — Diga-me o que sabe sobre Tonya e Sebastien.

— Tonya não é uma bruxa muito poderosa. Provavelmente é por isso que você não sabia sobre os talentos sobrenaturais dela. A coisa mais perigosa nela é a ambição implacável. Sebastien Plant não teve a menor chance quando ela colocou os olhos nele. Casar-se com ele estava na lista de coisas a fazer de Tonya antes mesmo que ela o conhecesse.

Eu sabia muito pouco sobre o casal além do fato de terem se

casado depois de um romance rápido. Sebastien Plant passara décadas construindo a Travel Unraveled e fora lá que conhecera Tonya. Ela trabalhara no escritório como funcionária temporária antes de se casar com ele, menos de um ano depois.

Tia Pearl bateu com a varinha no quadro negro, que foi apagado. — Tonya ficou muito envolvida com a Travel Unraveled depois que eles se casaram. Lembra-se do convite que você enviou para Sebastien Plant há alguns meses?

Eu assenti.

— Sebastien não estava interessado e foi por isso que você não recebeu resposta. Tonya encontrou o convite meses depois. Ela pesquisou a cidade e encontrou registros históricos que mencionavam Westwick Corners e o vórtice de energia, que ficara esquecido por muitos anos. No entanto, o convite ressuscitou o interesse. Tonya achou que a Travel Unraveled deveria construir algo grande aqui. Sebastien vetou a ideia e logo eles começaram a ter problemas no casamento.

— Como você sabe disso tudo? — Teria sido útil se ela tivesse me contado aquilo antes.

— Hazel me contou.

— Hazel estava tendo um caso com ele. É claro que teria dito que eles tinham problemas no casamento. Provavelmente exagerou o resto também. — Eu me mexi na cadeira, certa de que ouvira alguém tossir. — Você ouviu isso?

Tia Pearl sacudiu a cabeça negativamente. — Não foi assim que Hazel descobriu sobre os planos de loteamento. Tonya a procurou, falando sobre relocar a sede da WICCA para Westwick Corners, mas Hazel disse não.

— Achei que Sebastien tinha vetado qualquer loteamento aqui. Ele mudou de ideia? — Tonya provavelmente queria vender antecipadamente o projeto para convencer Sebastien. Vórtices de energia possibilitavam magia mais efetiva, o que era bom e ruim. Uma coisa era certa: nossa existência pacífica acabaria.

— Não. Ele não tinha ideia de que Tonya era uma bruxa e não sabia de nada sobre a WICCA.

Achei curioso que Sebastien Plant não soubesse da existência de bruxas, mas estivera romanticamente envolvido com duas delas. Comecei a entender a situação. — Tonya queria primeiro tomar conta da cidade e depoisd a WICCA. Ela prosseguiu, mesmo sabendo que Sebastien não concordava. Ela poderia fazer com que ele mudasse de ideia ou...

Tia Pearl terminou a frase por mim. — Livrar-se dele. Foi por isso que Tonya disse a Sebastien que aceitara acidentalmente nosso convite meses depois de você mandá-lo. Pelo menos, foi isso que Seb disse a Hazel. Era uma desculpa para conferir o lugar. E um lugar para matar o marido dela. Que lugar melhor do que uma cidade pequena onde poderia matar o marido e colocar a culpa em outra pessoa?

Eu assenti. — Ela acha que a polícia da cidade pequena não conseguirá resolver a investigação e ninguém se importará muito com um estranho, mesmo sendo famoso.

Estranhamente, aquilo fazia sentido. Exceto por uma coisa. — Quando você e Hazel pararam de brigar? — Talvez Hazel tivesse pedido uma trégua para estabelecer um álibi ou coisa parecida.

Tia Pearl deu de ombros. — Que diferença isso faz?

— Faz muita diferença. O envolvimento de Hazel em um triângulo amoroso com a vítima de um assassinato dá a ela um motivo. Talvez ela nem tenha um álibi. — Falei sobre o comentário de Amber sobre ter visto Hazel pela última vez às seis horas da tarde, horário de Londres, o que equivalia a nove horas mais cedo, ou nove horas da manhã, no horário local de Westwick Corners. Como o tempo de viagem de uma bruxa era praticamente instantâneo, Hazel também tivera como matar Sebastien. Além disso, ninguém sabia o paradeiro dela com certeza. Outra suspeita.

Que ótimo.

— Exceto que o assassino era um homem, não uma mulher — destacou tia Pearl.

— Você tem certeza absoluta disso? Falou que não viu direito a pessoa com o capuz.

— Vi o suficiente para saber que era um homem — respondeu tia Pearl.

— Pena que Hazel não está aqui. Talvez ela conseguisse esclarecer algumas coisas.

— Pode me perguntar qualquer coisa. — A bruxa Hazel estava parada na porta, aparentando cada um dos setenta anos de idade. Ela usava uma roupa esportiva quase idêntica à de tia Pearl, exceto por faixas que corriam nas costuras externas das calças, e um chapéu preto sobre os cabelos grisalhos. Certamente não estava usando seu alter ego naquele momento. — O que você está fazendo aqui?

— Tentando salvar a cidade, como Pearl. — Hazel bateu com a varinha no chão como se estivesse tentando tirar teias de aranha. — Falando nisso, seria muito bom ter a sua ajuda.

CAPÍTULO 22

Eu ainda estava me recuperando do choque de ver a bruxa Hazel. Ela e tia Pearl estavam lado a lado em frente ao quadro negro, parecendo melhores amigas. Era óbvio que tinham resolvido as coisas e estavam de volta ao normal. Bem, pelo menos, o que era normal para elas. Eu só estava contente porque a briga de meses entre elas terminara.

— Decidimos deixar o passado para trás. — Hazel sorriu ao olhar para Pearl.

— É uma excelente notícia — disse eu. — E, já que está aqui, pode devolver a Alan a forma humana. Ele ficará muito feliz.

— Lidaremos com Alan mais tarde. Primeiro as coisas importantes. — Tia Pearl dispensou minha sugestão com um aceno da mão. — Não temos muito tempo para deter Tonya.

Mas eu tinha perguntas para Hazel que não poderiam esperar. — Você esteve aqui na sexta-feira o dia inteiro? — Aquilo mudava tudo, pois Hazel estivera lá no momento do assassinato de Plant.

Isso também significava que não apenas uma, mas três bruxas tinham motivos para matar Plant.

Hazel assentiu. — Eu estive com Pearl desde 9h30 da manhã de sexta-feira.

— Ela é o meu álibi, Cen. Eu não podia contar ao delegado porque Hazel me fez prometer não dizer a ninguém que ela estava na cidade.

Eu me animei com a ideia do álibi de tia Pearl, mas rapidamente percebi que aquilo não significava praticamente nada. — Vocês duas têm um motivo para matar Sebastien. Você quer acabar com o turismo e Hazel é, ou era, parte de um triângulo amoroso. Poderiam ser cúmplices, em vez do álibi uma da outra.

Hazel balançou a cabeça negativamente. — Seb pretendia deixar Tonya para ficar comigo. Ela não pode descobrir que estou aqui. Pelo menos, não até que consigamos neutralizá-la. Ela é muito perigosa no momento.

— Achei que vocês tinham dito que ela não era uma bruxa muito boa. É claro que conseguem ser melhor que ela.

— Podemos, mas não podemos eliminar a opinião pública. Ela é muito boa em manipular os fatos e colocar as pessoas e as bruxas no lado dela. As pessoas não percebem que ela usa métodos letais para conseguir os resultados. Temos que atribuir o crime a ela e precisamos de sua ajuda, Cen. Você precisa expô-la como a assassina.

— Por que eu? Basta falarem com o delegado e serem sinceras. — Eu não queria me envolver nos planos malucos delas. — Tia Pearl, você os recebeu. Se Sebastien estava tão bêbado, o que ele estava fazendo andando sozinho do lado de fora no meio da noite?

— Sebastien bêbado? — Hazel segurou o braço de tia Pearl. — Isso é impossível. Ele nunca toca em álcool.

— Ele estava bêbado, com certeza — resmungou Pearl. — As palavras estavam arrastadas e ele mal conseguia ficar de pé.

— Mesmo assim, ele foi até o caramanchão — disse eu. — Ele ainda estava bêbado horas depois, quando discutiu e lutou com o homem misterioso no caramanchão. Se ele estava tão mal assim, como conseguiu chegar no caramanchão, para começo de conversa? — A maioria dos bêbados simplesmente desmaiava.

— Tonya fez alguma coisa com ele, eu tenho certeza disso — comentou Hazel. — Você precisa fazer com que o delegado a investigue.

— Não vou fazer nada disso — respondi. — Tia Pearl, você precisa contar tudo ao delegado. Só está desperdiçando o tempo dele com essas táticas de evasão e fazendo com que pareça culpada.

Minha tia só balançou a cabeça e olhou ansiosa para Hazel. Aquilo era algo estranho no relacionamento delas. Tia Pearl nunca abaixava a cabeça para ninguém, mas respeitava Hazel imensamente.

— Não estamos pedindo que você faça nada enganador — disse Hazel. — Só que conduza o delegado na direção certa. Cuidaremos de todas as coisas de segundo plano.

— O que quer dizer com coisas de segundo plano? — Eu estava preocupada com o que elas pretendiam fazer. Mas, algumas vezes, o conhecimento era algo perigoso.

— Você não quer saber, Cen. Não pergunte, não conte — disse tia Pearl.

Concordei relutantemente em colocar o plano em ação assim que tomasse o café da manhã. Uma coisa estava muito clara. Eu precisava chegar ao fundo das coisas antes do delegado Tyler Gates.

CAPÍTULO 23

Segui tia Pearl até a sala de jantar do hotel, ainda irritada por ter perdido quase duas horas do meu dia, que começara diretamente na Escola de Encantamento de Pearl. Tivera resultados interessantes, mas às custas do meu café da manhã. Eu estava faminta e pronta para cometer um crime em troca de uma dose de cafeína.

Exceto que eu não podia correr o risco de comer na sala de jantar se as alegações de tia Pearl e de Hazel sobre a poção de Tonya fossem verdade. Minha barriga roncou em protesto.

Coloquei a mão no bolso e toquei no recibo do Walmart. Revi os itens na mente e parei no anticongelante. O principal ingrediente do anticongelante era etileno glicol, uma substância tóxica que também era um álcool. Era uma forma letal de álcool, mas provavelmente produzia os mesmos sintomas que o excesso de bebida.

Sebastien Plant não bebia álcool, mas talvez tivesse ingerido anticongelante sem saber. Lembrei-me do lixo no quarto dos Plants. E se a garrafa meio vazia de Gatorade sabor limão não fosse o que parecia?

O recibo do Walmart parecia queimar meu bolso e eu estava ansiosa para entregá-lo ao delegado. Não queria fazer como tia Pearl e esconder uma prova, especialmente uma possível pista removida do quarto dos Plants. Era uma pista muito boa, pois as lojas do Walmart também tinham câmeras de vigilância. Apesar de termos removido o recibo do quarto, as câmeras ainda poderiam levar a compra de volta a Tonya.

Tia Pearl foi diretamente para a cozinha e eu fui até o pequeno balcão do lado de fora da porta da cozinha. Inalei o aroma rico do café recém-passado e servi uma caneca.

Finalmente.

Bebi o café preto forte e olhei para a sala. Quase engasguei quando vi o delegado Tyler Gates sentado em uma mesa ao lado da janela. Comecei a andar na direção da mesa dele para entregar o recibo do Walmart quando vi que ele não estava sozinho.

Ele estava sentado em frente a Tonya Plant e de costas para mim. O rosto de Tonya estava claramente visível. Ela parecia estar muito abalada. Eu não teria achado outra coisa se não fosse pelas acusações de Hazel e tia Pearl.

Ela secou os olhos com um lenço de papel, mas, mesmo a vários metros de distância, notei a maquiagem perfeita e os cabelos bem arrumados. A julgar pela linguagem corporal, ela não parecia histérica nem que estivera chorando. E comera todos os ovos Benedict. Cada pessoa lidava com o luto de uma forma diferente, mas poucas viúvas em luto terminavam um café da manhã farto.

Tentei imaginar como eu me sentiria se alguma coisa acontecesse com Brayden. Mesmo agora, ao repensar o casamento, eu não conseguia me imaginar sentada tomando o café da manhã se alguma coisa tivesse acontecido com ele. Eu ficaria inconsolável, incapaz de conversar ou de fazer qualquer coisa. Certamente não estaria raspando o molho do prato.

Minha barriga roncou quando me lembrei dos planos secretos de Tonya para nos enfeitiçar com a poção mágica que removia nossos poderes. Eu não podia me arriscar a comer alguma coisa que pudesse estar contaminada. Fiquei de boca aberta ao perceber que ela podia ter colocado a poção no café que eu acabara de beber. Fiz uma careta ao pensar em Sebastien Plant e no anticongelante.

O balcão do café ficava na sala de jantar, do lado de fora da porta da cozinha. Era facilmente acessível por todos os hóspedes. Obviamente, ela não derramaria a poção no café, pois os outros hóspedes também a beberiam.

Por que não? A poção não afetava ninguém além de bruxas. Senti um gosto amargo na boca ao perceber que já engolira um pouco do café.

Coloquei a xícara sobre o balcão ao observá-los à mesa. Eu me esforcei para ouvir a conversa, mas era impossível por causa do burburinho da sala de jantar.

Peguei a garrafa de café e andei na direção da mesa deles. O prato de Tonya estava vazio, bem como o cesto de pão. Ela girava a xícara de café nas mãos distraidamente enquanto falava. O delegado só tinha uma xícara vazia à sua frente.

— Sra. Plant, eu sinto muito sobre o seu marido. Quer um pouco de café?

Tonya assentiu.

Peguei a xícara de café de Tonya em câmera lenta, determinada a permanecer ao lado da mesa o máximo de tempo possível.

Tonya se virou para o delegado e fungou de leve. — Como eu dizia, nem percebi que ele tinha saído. Eu estava ocupada desfazendo as malas. Tive insônia na noite anterior e decidi tirar um cochilo. Tomei um remédio para dormir e adormeci em questão de minutos. Ele ainda estava no quarto quando peguei no sono.

— Então você estava sozinha no quarto? — Enchi a xícara de Tonya.

Tyler Gates olhou para mim friamente. — Se não se importa, eu faço as perguntas.

Virei-me para a xícara vazia do delegado e enchi-a o mais lentamente possível. O líquido escuro saía em um fio da garrafa. — Deseja mais alguma coisa?

Tonya Plant tomou o café e olhou para mim. — Talvez um pratinho de frutas que eu possa levar para o quarto.

Soltei um suspiro de alívio. Como Tonya acabara de beber o café, ele não estava contaminado.

Olhei para o prato vazio dela. Tonya tinha um apetite muito saudável, considerando que acabara de perder o marido.

O delegado Gates olhou para mim com expressão interrogativa.

— Sim? — Eu esperei.

— Você não tem outras coisas a fazer? Deve estar muito ocupada.

Balancei a cabeça negativamente. — Não, não tenho. — Eu precisava ficar por ali o máximo possível de tempo. Se a alegação de Tonya Plant de estar dormindo fosse verdadeira, era compreensível que não soubesse muitos detalhes. Mas também a deixava sem um álibi.

— Obrigado, Cendrine. — O delegado Gates falou um pouco mais alto do que o necessário ao me dispensar.

Relutantemente, fui para a cozinha, onde mamãe e tia Pearl cochichavam ao lado do fogão.

— Descobriu alguma coisa, Cen? — Mamãe costumava se preocupar demais, mas, naquele caso, não estava exagerando. O Westwick Corners Inn estava em perigo, de várias formas. Ainda assim, eu tinha a impressão de que minha tia não estava errada sobre Hazel.

— Tonya disse que estava dormindo e que não sabia que Sebastien tinha saído do quarto. — Minha barriga roncou quando senti o cheiro de ovos com bacon proveniente do fogão.

— Dormindo onde? Eles tinham chegado poucas horas antes — disse mamãe.

Olhei para a expressão de culpa de tia Pearl e decidi enfrentá-la. — De novo, você sabe mais do que está dizendo. A que horas eles chegaram?

— Tarde na noite passada — disse Pearl.

— Isso é impossível — retrucou mamãe. — Só abrimos oficialmente há poucas horas com os primeiros hóspedes.

Tia Pearl deu de ombros. — Hoje é a inauguração oficial e foi quando eles deram entrada oficialmente. Mas chegaram por volta de uma hora da manhã. Você estava dormindo. Eu os ouvi na porta e deixei que entrassem. Dei um quarto a eles e disse que fossem à recepção pela manhã.

— Esse é um detalhe bem importante para deixar de fora, Pearl. Nossos hóspedes VIP estavam aqui e nem sabíamos. Alguma coisa terrível poderia ter acontecido.

— E aconteceu — destaquei.

. . .

MAMÃE MASSAGEOU as têmporas como se estivesse com enxaqueca. — Por que não mencionou isso antes? Temos um negócio a cuidar. Você não pode simplesmente fazer as coisas do seu jeito.

Pelo menos, finalmente tia Pearl fora honesta com mamãe. Eu odiava segredos e não gostava de ser arrastada para as intrigas de minha tia. Sim, mamãe se preocupava demais, mas estávamos juntas naquilo e ela merecia saber tudo o que estava acontecendo.

Mamãe gostava de processos, de procedimentos e de que as coisas andassem tranquilamente. Tia Pearl representava um colapso nervoso constante.

Fiz um gesto indiferente com a mão. — O que está feito, está feito. Vamos nos concentrar nas atividades de Sebastien Plant. De acordo com Tonya, ele não estava no quarto quando ela acordou por volta de oito horas da manhã. Se isso for verdade, ele saiu entre quatro e oito horas da manhã.

Tia Pearl soltou uma exclamação de desprezo. — Até parece que ela ia contar a verdade.

— Você tem algo melhor?

— Acho que não — admitiu tia Pearl.

Mamãe franziu a testa. — Como Tonya poderia não perceber que ele saiu? A porta da suíte deles range. — Mesmo com as reformas extensas, ainda havia alguns rangidos pelo hotel. — Ele não conseguiria sair da cama sem que ela notasse. Ele era morbidamente obeso.

— Ela alega que tomou um remédio para dormir e que estava completamente apagada — disse eu.

Tia Pearl revirou os olhos. — Até parece.

— Talvez ela estivesse dormindo ou talvez esteja mentindo. Precisamos de alguém que confirme a história dela — disse eu. — Você sabe de mais alguma coisa?

— Ela estava dormindo, sim. Só que não sozinha.

Outra bomba de tia Pearl. A mania dela de guardar informações fez com que eu temesse o pior. — Você entrou no quarto deles? Como pôde invadir a privacidade deles desse jeito?

— Relaxe, Cen. Não fiz nada disso. — Tia Pearl sorriu. — Eu tive ajuda.

— Vovó Vi! — Eu fiquei furiosa e feliz por tia Pearl ter pedido ajuda para vovó Vi. Furiosa pela violação grosseira da privacidade dos hóspedes, mas feliz porque a visita incógnita de vovó Vi ter resultado em uma nova pista. Obviamente, desde que tia Pearl estivesse dizendo a verdade.

Tia Pearl assentiu. — Sua avó estava muito entediada naquela sua casa da árvore bagunçada. Portanto, ela veio fazer uma visita.

Fiquei irritada com a referência à minha casa, mas também com as escapadas secretas de vovó Vi no meio da noite. — Quem estava com Tonya no quarto dela?

— Eu disse que ela estava no quarto dela?

— Pearl, pare de fazer rodeios. — Mamãe também chegara ao limite da paciência. — Onde estava Tonya e com quem ela estava?

Minha cabeça girou. Todos os quartos de hóspedes estavam ocupados. Tonya devia ter se juntado a outro hóspede, mas quem? Um caso amoroso, um casamento com problemas e ambições implacáveis só aumentavam o motivo de Tonyapara cometer o assassinato. No entanto, tia Pearl tinha certeza de que o assassino no caramanchão fora um homem, não uma mulher.

— Ela estava com um homem que não era o marido dela. — Tia Pearl entoou a música tema de um programa de televisão. — Alguém tem um palpite?

Revirei os olhos ao olhar para ela. — Para variar, dê uma resposta direta.

— Até que estou me divertindo — disse tia Pearl. — Mas, claramente, vocês não, então vou contar. Tonya estava no quarto de outro homem. E eles não estavam conversando muito, se é que me entendem.

— Eles estavam fazendo sexo enquanto Sebastien estava no caramanchão? — Soltei uma exclamação, sem acreditar que estavatendo aquela conversa com minha mãe e minha tia. Por outro lado, eu nunca teria esperado nada daquilo vinte e quatro horas antes.

— Pare de joguinhos, Pearl — disse mamãe. — Tivemos um assassinato na inauguração do hotel e você é a principal suspeita. Se sabe de alguma coisa, precisa dizer agora.

— Especificamente, se difere do que Tonya disse. — Abri um pouco a porta e espiei a sala de jantar. Tyler Gates ainda estava com Tonya Plant. Ele fazia anotações furiosamente. Eu daria uma pilha de panquecas para ver o que ele escrevia no bloco. — Depressa, tia Pearl, alcance-o antes que ele vá embora.

Tia Pearl cruzou os braços. — Não vou falar com aquele homem.

— Esqueça a multa — disse eu. — Você é praticamente a única suspeita agora. Só ficará pior, a não ser que você conte a ele o que sabe. Não é o momento para implicâncias bobas.

— Uma multa de quinhentos dólares não é uma coisa boba. Precisarei receber alunos extras para conseguir pagar a conta.

Eu quis acrescentar que ela merecia cada centavo daquela multa, mas prolongar a discussão deixaria as coisas piores. — Você não terá nenhum aluno se for condenada por assassinato.

— Quem faria uma coisa dessas? Por que incriminar Pearl? — Mamãe balançou a cabeça. — Isso poderia ser também a morte da nossa cidade.

— Só o que ela precisa fazer para se livrar é contar tudo ao delegado. — Olhei para a minha tia. Mamãe ficava meio cega em se tratando da própria irmã. Ea considerava Pearl uma vítima, em vez de descuidada e irresponsável.

— Pare de ser tão dramática, Ruby. Você é como todo mundo nesta cidade, sempre exagerando. — Tia Pearl balançou a cabeça.

Joguei os braços para o ar. — Logo quem falando de exageros. Você é a piromaníaca que queria incendiar nosso caramanchão. Você sabota tudo só para conseguir o que quer. Talvez queira apagar a cidade do mapa queimando a placa da rodovia, mas as outras pessoas também importam. Se eu não a conhecesse bem, suspeitaria de você exatamente como o delegado suspeita. — Ele não tinha dito exatamente que ela era suspeita, mas eu precisava assustar tia Pearl. As coisas que ela aprontava e o fato de segurar informações arruinavam nossa chance de sucesso e colocavam em perigo o futuro da cidade inteira.

Mamãe ficou de boca aberta, chocada, com a minha explosão. Talvez eu tivesse exagerado, mas a falta de cooperação de tia Pearl e a mania dela de chamar a atenção me deixavam frustrada.

— Não consigo imaginar que alguém como Tonya matasse ou pudesse matar o marido. Não podemos acusá-la sem provas — disse mamãe. — Na verdade, tenho pena dela. Nós a convidamos, junto com Sebastien, para virem aqui e agora ele está morto. De certa forma, a culpa é nossa. Deveríamos ser agradáveis com ela.

— Mas e a poção de Tonya do café da manhã? — Achei que a empatia de mamãe era indevida, pois Tonya tinha planos de nos enfeitiçar.

Mamãe franziu a testa. — Que poção?

— Cen está confusa. — Tia Pearl colocou a mão magra sobre meu ombro.

Comecei a protestar, mas tia Pearl só apertou meu ombro ainda mais. Eu já percebera que a alegação dela contra Tonya era outra invenção. Mamãe não sabia nada sobre a suposta poção de Tonya para nos deixar sem poderes. Mamãe provavelmente também não tinha ideia de que Hazel estava lá.

Encarei tia Pearl friamente.

Ela soltou uma exclamação. — Você é tão cega em relação aos motvos das pessoas, Ruby. Acorde. Tonya é culpada. Tudo começou com aquela placa idiota da estrada. Ela precisava ser destruída.

— Os clientes de sua Escola de Encantamento não precisam de uma placa na estrada, mas os turistas precisam — disse eu. — Eles colocam dinheiro em nossa economia. Os seus alunos dificilmente gastam alguma coisa. — Bruxas eram notoriamente mesquinhas. Por que gastar dinheiro com algo que podia ser conjurado?

Mamãe parou entre nós duas. — Ora, ora, moças. Sejam civilizadas. Brigar não nos levará a lugar algum. — Ela se virou para mim. — Cen, você não acha que o delegado realmente suspeita de Pearl, acha? Ele deve ter outras pistas.

Dei de ombros. — Ela tem um motivo. Não quer o turismo. Deixou isso bem claro ao queimar a placa. E ela se recusa a cooperar. Mas é principalmente por causa da varinha dela no caramanchão. —

Tia Pearl obviamente não contara a mamãe sobre a visita de Hazel e as suspeitas sobre Tonya. Aquilo me incomodou. — Tia Pearl parecerá suspeita até encontrarmos o verdadeiro assassino.

Mamãe balançou a cabeça. — Eu gostaria que você não fosse tão dura, Pearl. Não há motivo nenhum para não coexistirmos. Você ainda poderá operar a Escola de Encantamento de Pearl, só que terá que ser discreta. Consegue fazer isso?

Pearl assentiu lentamente.

Apesar de tia Pearl sempre tentar manter a irmã mais nova no escuro, ainda dava ouvidos a ela.

— Agora seria um bom momento para ir ao quarto de Tonya e arrumá-lo. — Mamãe bateu de leve no ombro de Pearl. — Algumas flores seriam um toque simpático.

Aquilo me pareceu uma ideia horrível, mas eu sabia que mamãe só estava tentando manter Pearl ocupada. Fiquei surpresa por mamãe não parecer saber que Tonya era uma bruxa, mas não ousei dizer nada. As coisas poderiam deteriorar rapidamente e eu não queria desafiar o destino.

CAPÍTULO 24

Fiquei tão distraída pensando na escapada de vovó Vi e no homem misterioso de Tonya que esqueci completamente do prato de frutas que Tonya pedira. Juntei uma variedade generosa de uvas e melão, além de um pouco de queijo, e voltei para a sala de jantar.

Tonya Plant sorriu quando eu me aproximei. A expressão serena dela parecia fora do lugar, considerando a perda recente que sofrera. Ela parou no meio da frase quando cheguei ao lado da mesa e coloquei o prato à sua frente.

— Obrigado, Cendrine — disse o delegado Gates. — É só isso.

Assenti e afastei-me alguns passos até a mesa ao lado, onde fiquei ocupada ajustando a louça e os talheres. Esperei que Tonya recomeçasse a falar, mas ela não fez isso. Rapidamente fiquei sem ter o que fazer.

Senti olhos sobre mim e virei-me para ver o delegado Gates encarando-me. Fui para a próxima mesa.

Tonya recomeçou a falar, mas a voz dela era tão suave que tive que me esforçar para ouvir alguma coisa. Deixei um garfo cair no chão e dei um salto com o barulho.

Tonya parou no meio da frase enquanto eu pegava o garfo. Ao me levantar, olhei para cima e encontrei o olhar furioso de Tonya Plant.

O delegado Gates se virou na cadeira. Os dois me encararam friamente.

— O que foi?

— Pode nos dar um pouco de privacidade, Cendrine? — Tyler Gates inclinou a cabeça na direção da cozinha.

— Ah, sim, desculpe. — Fui até o balcão e enchi novamente a minha xícara de café. Eu estava longe demais para ouvir qualquer coisa que não fossem fragmentos de conversa. Tonya alegou ter chegado bem cedo na manhã de sexta-feira, o que corroborava a versão de tia Pearl, apesar de ela ter dito que esquecera a hora exata. Finalmente estávamos chegando à verdade.

Eu não conseguia ver a expressão do delegado e não tinha ideia se ele acreditava ou não em Tonya. Era essencial que eu descobrisse qual era a história de Tonya sobre o que acontecera. O delegado estava lidando com uma bruxa e não sabia disso, portanto, precisava da minha ajuda. Era a única forma de validar ou contestar as alegações dela e chegar à verdade.

Eu me animei ao perceber que poderia recarregar os recipientes de condimentos. Peguei os potes de sal e pimenta e voltei à mesa atrás do delegado. Andei suavemente e evitei o contato do olhar com o de Tonya. Esperei que ela continuasse com a história e não sinalizasse ao delegado que eu estava logo atrás dele.

— Seb queria dar um passeio — disse Tonya. — Mas eu estava cansada e disse a ele que fosse sem mim.

Às quatro horas da manhã? Um pouco improvável.

— A que horas isso aconteceu? — O delegado Gates se inclinou para trás na cadeira e entrelaçou os dedos na nuca.

Eu congelei. Os braços dele estavam a poucos centímetros de mim e tiveram o efeito de me prender entre a cadeira em que ele estava e a mesa que eu arrumava. Prendi a respiração e tentei não fazer barulho. Se Tonya notou, não foi aparente, pois continuou falando.

— Por volta das oito ou nove horas da manhã, acho. Eu tinha tomado um remédio para dormir naquele horário e estava sonolenta.

— A voz de Tonya era forte e clara, não o sussurro suave e alquebrado de uma viúva em luto.

— E você dormiu até que horas?

— Não sei... até umas três horas da tarde. Acordei pouco antes de você ir ao meu quarto.

— E não viu ninguém durante esse tempo?

— Não.

De acordo com vovó Vi, Tonya estivera com outro homem da hora do almoço em diante. Supondo que o horário de vovó estivesse correto, o delegado acabara de ouvir uma mentira de Tonya. Se pelo menos ele soubesse disso... A não ser que eu encontrasse uma forma de contestar a história de Tonya. Eu precisava encontrar esse homem. Também precisava encontrar as luvas que apareciam no recibo do Walmart. O recipiente do anticongelante também era importante, mas talvez eu já tivesse prova do líquido na garrafa de Gatorade. Eu estava perdida em pensamentos, sem perceber que me virara até que encontrei o olhar do delegado Gates.

Ele se virou na cadeira e encarou-me. — Você não pode ficar aqui enquanto estou interrogando a sra. Plant, Cendrine. — Os olhos castanhos encontraram os meus.

— Não posso ir para outro lugar. Você está no meu restaurante. Eu trabalho aqui.

O delegado se levantou e acenou para que eu fosse embora enquanto Tonya me encarava com olhar frio e duro. Senti uma onda de medo. Eu não poderia entregar o recibo a ele na frente dela, mas não parecia que Tyler Gates iria embora em um futuro breve. Quanto mais ele ficasse, maior o atraso até que eu conseguisse repassar a nova pista. O delegado estava em uma desvantagem terrível sem a ajuda de alguém que entendesse todo o cenário. E aquela pessoa era eu.

* * *

Observei da porta da cozinha quando o delegado Gates se sentou novamente em frente a Tonya Plant. Eu ajustei meu ouvido até chegar a um volume adequado para escutar fragmentos da conversa deles. Se ela fosse tão manipuladora quanto Hazel e tia Pearl alegavam, eu não teria opção além de usar magia para escutar e descobrir o que Tonya estava aprontando. Nem me ocorrera antes usar a magia para amplificar a audição. Quando me lembrei, demorei vários minutos porque estava tão enferrujada que esquecera metade do feitiço. Eu devia ter pensado em usar a magia antes. Teria conseguido ser muito mais discreta.

— Cendrine!

Eu quase tive um ataque de coração por causa do susto. — Você quase me matou de susto! Por que está gritando comigo desse jeito?

Tia Pearl franziu a testa. — Eu não gritei. Você não deveria usar seus poderes extrassensoriais no delegado, não é mesmo?

Ela me pegara em flagrante. — É uma emergência.

— E por que a sua emergência é diferente das minhas emergências? — Tia Pearl cruzou os braços. — Você me chama de encrenqueira. Olhe para você, senhorita toda certinha. Pode usar a sua magia, mas eu não posso?

— São circunstâncias difíceis, tia Pearl.

Mamãe se virou para nós. — Você está espionando?

— É claro que não — disse eu.

— Sim, ela está — retrucou tia Pearl.

— Só para ajudar você, pois não quer se ajudar — disse eu.

Mamãe balançou a cabeça. — Não concordamos que não haveria magia perto dos hóspedes?

— Não tenho opção. Tia Pearl é uma das principais suspeitas por causa de suas tendências piromaníacas.

Mamãe revirou os olhos. — Você não vai colocar de novo aquela placa da rodovia. Sinceramente, Cendrine, você é como um cachorro com um osso. Nunca deixa de lado.

— Ruby tem razão — disse tia Pearl. — Você está sempre implicando comigo. Mostre algum respeito pelos mais velhos.

Ergui as mãos exasperada. — Enquanto estamos discutindo, Tonya está planejando como arruinar nossa cidade. Não só ela se livra do marido, como também do cara que teria colocado Westwick Corners no mapa. Ela o matou, tenho certeza disso. Mas tudo o que aconteceu até agora incrimina tia Pearl. — Virei-me para minha tia. — Ela está tentando incriminar você.

Mamãe ficou de boca aberta. — Não podem estar seriamente pensando que Pearl...

Pearl bateu o pé no chão. — Sou uma bruxa, pelo amor de Deus. Não preciso assassinar ninguém. Há formas muito mais fáceis de se livrar de alguém.

— O delegado não sabe disso. Ele não sabe de nada sobre bruxas, vórtices nem nada disso. Entende agora o que quero dizer? — Voltei a atenção para Tonya Plant e o delegado.

— Conte ao delegado o que sabe, Pearl. — A voz de mamãe estava mais alta e percebi que ela estava chateada.

— Pensarei no assunto — disse Pearl. — Mas, primeiro, tenho uma limpeza a fazer. — Ela se virou e saiu antes que conseguíssemos detê-la.

Eu não achava nem por um momento que tia Pearl era a culpada, mas ela estava fazendo um excelente trabalho em agir assim.

Tia Pearl dissera que Tonya estivera com outro homem, mas recusara-se a dizer quem. Se ela não queria me dizer, havia outras formas de descobrir.

CAPÍTULO 25

Eu não podia mais espionar Tonya Plant e o delegado sem ser notada, mas poderia descobrir mais sobre o homem com quem ela estava passando algum tempo. Fui para a recepção e abri o registro de hóspedes.

Quase todos os doze quartos estavam ocupados por casais, exceto três. Um deles estava ocupado por duas mulheres e outro por uma mulher sozinha. O terceiro quarto era ocupado por um homem chamado Jack Tupper III. Foi um golpe de sorte ter apenas um quarto ocupado por um homem sozinho. Era um pouco otimista descartar os homens acompanhados, mas eu tinha o palpite de que Jack era o homem certo.

Meu coração bateu mais depressa quando vi o número do quarto.

Era o antigo quarto de vovó Vi. O mesmo quarto em que ela dissera ter visto Tonya com o homem misterioso.

Bem, não era mais um mistério.

O homem secreto de Tonya quase certamente era Jack Tupper III.

Eu não reconheci o nome pretensioso, mas era o suficiente para descobrir mais sobre ele e seu paradeiro no momento do assassinato. Fechei o livro de registro, satisfeita com o que descobrira.

Se a alegação de Pearl sobre o encontro deles fosse verdadeira, Jack quase certamente conhecia Tonya antes de visitar o hotel. Na verdade, ele provavelmente a seguira até lá. Talvez fosse o homem de capuz do caramanchão.

Quando eu descobrisse o relacionamento dele com Tonya, poderia levar a conexão à atenção do delegado sem parecer óbvia. Tonya quase certamente negaria um caso amoroso e eu não poderia contar ao delegado que o fantasma de vovó Vi os vira juntos. Mas havia coisas que o delegado poderia encontrar, como registros de celular e assemelhados. Eu só precisava achar uma forma de desviar de tia Pearl a atenção da investigação para alguma prova que apontasse para o verdadeiro assassino.

Voltei para a sala de jantar, ansiosa para contar o que descobrira para mamãe. Cheguei à porta e parei ao olhar para a sala repleta. Brayden estava sentado a algumas mesas de distância do delegado e de Tonya Plant. Eu odiava a ideia de ter "a conversa" com ele, mas precisaria fazer isso em breve. Vê-lo acabara de me lembrar disso. Não estava nem um pouco ansiosa. Cancelar o casamento era algo sério e provavelmente terminaríamos nosso relacionamento por causa disso.

Eu nem sabia ao certo se era isso que queria. Na verdade, não tinha mais certeza de nada. Não sabia se ainda o amava nem se realmente o amara algum dia. Ele fora meu primeiro e único namorado e, até agora, eu não tinha pensado em um futuro sem Brayden. Tudo parecera meio que predestinado.

Por sorte, Brayden não estava sozinho e eu poderia adiar um pouco mais. Um homem com cabelos compridos de um tom vermelho nada natural estava sentado à frente dele e de costas para mim. Eu tinha quase certeza de que era o homem da noite anterior no vinhedo. Estivera escuro, mas o homem parecia ter a mesma compleição magra e atlética.

Brayden me viu imediatamente e sorriu, acenando para mim. — Cen, esse é meu amigo Jack. Ele é de Shady Creek e está hospedado aqui. — Ele indicou o homem bronzeado, de trinta e poucos anos, sentado à frente dele. — Jack, esta é Cen. A família dela é dona do lugar.

Fiquei sem fala enquanto meu cérebro tentava funcionar. Aquele devia ser o mesmo Jack que estava hospedado no antigo quarto de vovó Vi.

Jack se levantou e usou a mão esquerda para apertar minha mão direita, apontando para a mão direita com um curativo. Ele era ligeiramente mais alto que Brayden e um pouco mais velho, com uma aura de superioridade. — Belo lugar que vocês têm aqui. Quando vão fazer as reformas? Ficará lindo.

— Está ótimo desse jeito — resmunguei eu, furiosa com o insulto intencional. Mesmo se Brayden não tivesse contado a ele sobre a inauguração, havia sinais da reforma por todo o prédio. Como hóspede, ele deveria ter percebido.

Brayden me lançou um olhar de advertência.

Olhei friamente para os dois quando minha barriga roncou, lembrando-me de que eu precisava me alimentar.

— Se você gosta desse tipo de aparência. — Jack jogou a cabeça para trás e riu. Os cabelos perfeitamente arrumados não se mexeram um milímetro. Ele tirou um cartão de visitas do bolso da camisa e entregou-o a mim. — Telefone se estiver interessada em vender o lugar. Mas serei sincero. Este lugar está um desastre e o único valor está no terreno. Mas, para sua sorte, estamos sempre procurando propriedades grandes como a sua.

No cartão, estava escrito *Jack Tupper III, Vice-presidente sênior, Loteamento, Centralex.*

Fiquei de boca aberta ao ligar Jack, os planos na suíte de Tonya e o que acontecera tarde da noite no vinhedo. Talvez a maior percepção foi a de que Brayden não fora honesto comigo.

— Não estamos interessadas em vender. — Eu queria correr até a cozinha e contar tudo para mamãe. Mas aquilo não ajudaria e forcei-me a ficar calma para obter o máximo possível de informações. Jack obviamente conspirava com Tonya e, pelo jeito, era também o amante dela.

Jack balançou a cabeça. — Seu negócio não sobreviverá quando meu novo *resort*, com centro de conferência e centro comercial, for inaugurado. E cassino. O único motivo pelo qual tem algum movimento agora é porque é o único lugar da cidade.

Meu rosto ficou quente enquanto eu lutava para controlar o temperamento. Aquele cara era muito ousado em me dizer que nosso negócio estava condenado no mesmo instante em que devorava o café da manhã especial de mamãe. Eu também sabia, pelos planos no quarto de Tonya, que a Centralex pretendia construir em nossa propriedade, não em outro lugar. Jack estava usando táticas de terrorismo para obter nossa propriedade por um preço baixo. Bem, não seríamos intimidadas. Não se eu pudesse impedir.

Brayden pigarreou. — Os planos de Jack incluem um hotel no *resort*.

Meu rosto ficou vermelho. Brayden estava novamente negociando, só que, desta vez, era um negócio em concorrência direta com o nosso. — Mas acabamos de abrir o hotel. Westwick Corners não é grande o suficiente para ter outro hotel. — O trabalho de Brayden como prefeito era encorajar o comércio, mas isso não significava pactuar com o loteador. Ele não dera muito apoio ao Westwick Corners Inn, apesar do emprego em meio expediente no *Ponto do Feitiço*. Que favores esperava de Jack?

— Isso é importante, Cen. O *resort* terá duzentos quartos e um centro de conferências. Um *resort* importante, não uma operação pequena. Ele colocará Westwick Corners no mapa.

Era como se eu tivesse sido apunhalada pelas costas. Nossa propriedade estivera na família por gerações e Brayden sabia que nunca a venderíamos. Ele também sabia que era a única forma de ganharmos dinheiro. Mesmo assim, estivera alinhado com um loteador de fora da cidade e até mesmo avaliando a propriedade sob o luar com Jack. Ele deliberadamente fizera a excursão durante a noite para evitar detecção. O que mais ele não estava me dizendo?

Senti o rosto quente de raiva. Eu estava prestes a perder o controle. — Preciso ir. — Virei-me de costas para eles.

Jack me chamou. — Estou fazendo um favor a você, mas minha oferta só vale até segunda-feira.

— Não vamos vender — repeti. — Acabamos de abrir o hotel.

— É uma boa oferta, Cen — gritou Brayden.

Balancei a cabeça e continuei andando.

Brayden subitamente apareceu ao meu lado e apertou meu braço. — Vou até sua casa mais tarde hoje, Cen. Precisamos conversar.

— Ahm... estou um pouco ocupada agora. Telefono para você mais tarde. — Respirei fundo e fui para a cozinha, meditando se contaria a mamãe sobre a proposta de Jack logo ou depois do café da manhã. Isso a deixaria chateada, mas ela precisava saber.

Mamãe, tia Pearl e tia Amber eram as donas do lugar. Era ainda mais insultante o fato de Jack não ter falado diretamente com nenhuma delas. Obviamente, ele falara comigo de propósito. A informação de segunda mão amaciaria o golpe de que um estranho pretendia competir conosco. Mas, depois de ver os planos de loteamento da Centralex no quarto de Tonya, eu sabia que aquela não era a intenção. O verdadeiro objetivo de Jack era roubar nossas terras e destruir nossa bela mansão histórica.

Xinguei baixinho quando tudo ficou claro. O vórtice que tia Pearl mencionara era 100% verdadeiro. Tonya já fizera uma parceria com o maior loteador que encontrara e obter o terreno era apenas uma formalidade.

O dinheiro fazia com que as pessoas realizassem coisas malucas. Vovó Vi estava certa não só sobre a propriedade, mas também sobre Brayden. Ele colocara os interesses comerciais acima dos interesses da minha família.

Eu estava a meio caminho da cozinha quando ouvi cadeiras sendo arrastadas na direção da mesa do delegado Gates e de Tonya. Eu me virei e vi que se levantavam. Imaginei que ele tivesse terminado com Tonya, pelo menos por enquanto. Dei meia volta e fui na direção dele, mas Brayden me interceptou.

— Cen, espere. — Brayden andou na minha direção com um prato na mão. Os talheres bateram na louça quando ele me alcançou. — Você parece chateada.

— Na noite passada, eu vi você no vinhedo com Jack — disse eu ao andarmos lado a lado na direção da cozinha. — Eu não sabia que seus deveres de prefeito incluíam mostrar secretamente nossa propriedade para um loteador.

— Não é nada disso, Cen. Você está tirando conclusões precipitadas.

— Então por que você estava se esgueirando no meio da noite? Subitamente, parece obcecado com nossa propriedade.

— Não estou obcecado e não estávamos nos esgueirando. — A voz de Brayden ficou mais alta quando chegamos mais perto da porta da cozinha.— Jack só gosta de ser discreto. Se ele mostrar interesse demais, os preços sobem.

— Então, o objetivo é mesmo conseguir nossas terras. — Parei ao lado da porta e encarei-o. — Diga ao seu amigo Jack que nossas terras não estão à venda.

— Você está exagerando, como sempre, Cen. — Brayden revirou os olhos e virou-se. — Tenho que ir embora. Discutiremos isso mais tarde.

— Ah... Brayden?

— Sim? — Brayden parou, mas não se virou para olhar para mim.

— O casamento está cancelado.

Brayden deu meia volta e encarou-me de boca aberta. E, pela primeira vez em muito tempo, ele me ouviu.

CAPÍTULO 26

Brayden se sentou à pequena mesa de bistrô na entrada da cozinha. Ela estava cheia de pilhas de louças e utensílios de restaurante, mas ele abriu espaço para o prato e continuou a comer, espetando um pedaço de batata com o garfo e mergulhando-o no catchup. — O que deu em você, Cen? — Brayden torceu a boca em uma expressão destinada a fazer com que eu ficasse com pena dele. Não deu certo. Eu estava furiosa demais.

— Em mim, nada. — Eu não pretendia ter uma explosão na cozinha de mamãe ao alcance do ouvido de outras pessoas. — Mas alguma coisa deu em você. Seja lá o que for, não gostei.

Brayden estreitou os olhos ao me estudar. — Há alguma coisa muito diferente em você. Subitamente, ficou negativa demais. Você está estressada com toda a programação do casamento. — Ele bateu de leve no meu ombro como se eu fosse uma criança.

— Você tem toda razão — disse eu. — Essa coisa de casamento está apressada demais, portanto, estou cancelando tudo. Com tudo o que aconteceu, estou repensando as coisas.

Brayden mordeu o lábio inferior. — Estamos namorando há anos, Cen. Como pode achar que o casamento é apressado?

— Alguma coisa não parece certa. Preciso de algum tempo para pensar em tudo.

— Não podemos nos dar ao luxo de ter tempo. Você deveria ter pensado em tudo há um ano, quando disse sim.

— Muita coisa mudou de lá para cá. — Por exemplo, o fato de eu ter percebido que as aspirações políticas de Brayden sempre eram mais importantes. Nosso casamento era apenas um item na lista de coisas a fazer dele. Eu, como todos os outros, supusera que nós nos casaríamos. Eu nunca pensara no assunto até agora, provavelmente porque tinha medo de enfrentar a verdade.

— Como o quê?

— Você não entenderia. — A atração que eu sentia por Tyler Gates era passageira, mas era um sintoma muito real da minha infelicidade com Brayden. Apesar de conseguir lançar feitiços de volta no tempo, não podia fazer minha vida voltar no tempo. Depois de escolher o caminho com Brayden, não havia como voltar atrás. Fora necessário um assassinato no ensaio do casamento para que eu parasse e avaliasse minha vida.

Brayden se levantou. — Não faça isso comigo, Cen. Teremos duzentos convidados, incluindo o governador. Você não pode cancelar agora. — Ele balançou a cabeça lentamente. — Você sabe como ficará feio?

— Não me importo com o que o governador ou qualquer outra pessoa pensa. Mas não posso continuar. — Mas eu me importava com o que minha família pensava, especialmente mamãe, que trabalhara tanto em cada pequeno detalhe. Eu odiei a ideia de desapontá-la.

— Você só está emotiva por causa do assassinato e tudo o mais. — Ele colocou o braço em volta dos meus ombros. — Olhe, eu sei que deveria ter aparecido no ensaio, mas fiquei preso no trabalho. Prometo melhorar.

— O delegado Gates me disse que a reunião de vigilância contra o crime foi cancelada. Você nem estava em uma reunião, mas não se deu ao trabalho de vir ao ensaio. Se não pode me dedicar algum tempo da sua vida, por que eu deveria me casar com você?

— Isso não é justo, Cen. A reunião foi cancelada porque houve um conflito na agenda. Essa é a verdade. Jack só tinha uma hora livre à tarde e minha agenda foi ajustada.

— É mesmo? — Minha indignação cresceu. — Sem dúvida, sua conversa com ele foi sobre conseguir algumas terras baratas.

A raiva brilhou nos olhos de Brayden. — Você deveria ficar grata por eu tê-lo deixado interessado na cidade. A Centralex foi a melhor coisa que aconteceu a Westwick Corners em muito, muito tempo.

Fiquei furiosa ao me lembrar da caminhada de Brayden na noite anterior do lado de fora da casa da árvore. Mesmo assim, mantive a voz calma. — Ninguém vai vender nada, incluindo nós. Não há nada à venda na cidade e o restante são terras de fazendas.

— Você ficaria surpresa, Cen. Qualquer pessoa vende pelo preço certo.

— Qualquer pessoa? — Ergui as sobrancelhas. — Shady Creek não vendeu.

Brayden raspou a gema do ovo do prato com o garfo. — O Westwick Corners Inn é pequeno demais para gerar dinheiro. A sua família só irá à falência com ele. A coisa inteligente a fazer é vender, pois ofertas como a de Jack não aparecem todo dia. Pelo menos, escute o que ele tem a dizer.

Meu rosto ficou vermelho. — Não vamos vender, especialmente depois de reformar tudo. Você deveria saber disso. Parece que é você que está fazendo algum negócio com Jack.

— Não seja ridícula. É meu trabalho como prefeito procurar novas oportunidades. Estou trabalhando para conseguir o que todos queremos para Westwick Corners: empregos e crescimento.

— Não venderemos por preço nenhum. — Brayden nos vendera. Os conselheiros da cidade tinham todos mais de setenta anos e votavam da mesma forma que Brayden. Portanto, Jack conseguiria o que queria, de uma forma ou de outra. — Por que Shady Creek rejeitou os planos dele?

— Problemas de trânsito. — Brayden riu. — Consegue acreditar nisso? Quem não quer mais trânsito?

Eu sabia de pelo menos uma pessoa que certamente faria alguma coisa.

— Conversaremos depois que você se acalmar.

A atitude condescendente dele realmente me irritou. — Não há mais nada o que conversar. Acabou.

Brayden ficou de boca aberta ao me encarar sem saber o que dizer.

Ele esperou que eu dissesse mais alguma coisa, mas eu terminara. Depois de um minuto, ele se virou para ir embora, mas voltou e pegou o prato não terminado do café da manhã. Em seguida, saiu e bateu a porta atrás de si.

CAPÍTULO 27

Fiquei sentada à mesa de bistrô por mais alguns minutos, principalmente para ter certeza de que Brayden e Jack tinham realmente saído da sala de jantar. Quando não ouvi ruído nem conversa, fui até a porta e espiei para fora.

Soltei um suspiro de alívio ao ver que a sala de jantar estava quase vazia. Jack se fora, bem como os outros hóspedes. Ninguém me ouvira discutindo com Brayden. Abri um pouco mais a porta e meu coração afundou quando vi Tyler Gates sentado perto da janela, sozinho.

Ele percebeu o movimento da porta e encontrou meu olhar. Nós nos encaramos por uma fração de segundo até que ele virou o rosto. Ele sabia.

Que ótimo.

A única pessoa que eu não quisera que soubesse sobre meu relacionamento problemático obviamente ouvira tudo. Eu me virei e voltei para a cozinha.

Que constrangedor.

Eu queria conversar com ele sobre o caso e agora só queria evitá-lo. Mas tia Pearl precisava de ajuda depressa, portanto, eu não poderia simplesmente me esconder.

— Você fez a coisa certa.

Saltei ao ouvir a voz atrás de mim, sem esperar que houvesse mais alguém na cozinha. — Hein?

Vovó Vi flutuava a poucos passos em uma névoa roxa.

— Você prometeu ficar na casa da árvore, vovó.

— Não posso ficar afastada quando sou necessária. Brayden é a pessoa errada para você. Demorará alguns dias, mas tudo ficará claro.

— É claro que você pensa assim, nunca gostou dele. — Eu me sentei, chateada com a perspectiva de cancelar o casamento. — Como vou desfazer o convite para duzentas pessoas?

— Encontraremos um jeito. — Vovó Vi se sentou, ou melhor, flutuou à minha frente. — Agora você pode fazer alguma coisa em relação àquele delegado novo bonitão.

— Não farei nada disso. Todas as minhas energias estão concentradas em solucionar o assassinato de Sebastien Plant e livrar a cara de tia Pearl. Diga-me o que sabe sobre Tonya Plant e Jack Tupper.

— Quem é Jack? — perguntou vovó Vi.

— Aquele que estava no vinhedo com Brayden na noite passada — respondi.

— O que está no meu quarto.

— Não é o seu... — Parei no meio da frase. Não adiantaria deixar vovó ainda mais chateada. Respirei fundo. — Todos nós concordamos em abrir o hotel e todos fizemos sacrifícios. Você não pode espionar as pessoas desse jeito.

— Eu estava com saudades de casa. E Pearl prometeu não contar a ninguém. — Vovó Vi franziu a testa. — Pearl nunca conseguiu guardar segredos.

— Eu a obriguei a me contar — disse eu. — Ela está prestes a ser acusada do assassinato de Plant, a não ser que façamos alguma coisa. Sobre o que Tonya e Jack conversaram enquanto você estava lá?

— Não houve muita conversa naquele quarto. O marido de Tonya nem foi enterrado ainda e aquele safado está com ela.

— São necessárias duas pessoas para dançar tango.

Vovó Vi suspirou. — Eles não podem roubar nossas terras, podem?

— Só se concordarmos em vendê-las. E não faremos isso.

— Eles parecem pensar que as terras já são deles — disse vovó Vi.

— Mas Tonya está manipulando aquele tal de Jack. Ele está muito apaixonado para perceber.

Eu não conseguia imaginar Jack, sendo tão abrasivo, apaixonado demais para alguma coisa, mas talvez ele fosse diferente entre quatro paredes. — Preciso de sua ajuda para solucionar o assassinato, vovó. Quero que siga Tonya para onde ela for.

— Você quer dizer, espioná-la? Achei que isso não era permitido.

— Nesse caso, é. — Não podíamos deixá-la sozinha por um momento. Vovó Vi não ficaria na minha casa, não importaria o que eu fizesse, portanto, podia muito bem usar seus talentos.

— Mas ela é uma bruxa. Conseguirá me ver — disse vovó Vi. — Por que não espiono Jack, em vez de Tonya?

Balancei a cabeça negativamente. — Eu ficarei de olho nele. Preciso de alguém poderoso contra Tonya e sua magia é muito melhor do que a minha.

Aquilo pareceu agradá-la. — Com uma condição.

Suspirei. — Está bem, qual é? — Por que todas as promessas na minha família sempre tinham alguma condição?

— Quero meu antigo quarto de volta.

Assenti. De uma forma ou de outra, todos queríamos algo de volta. Eu só não sabia se conseguiríamos o que queríamos sem que houvesse condições.

CAPÍTULO 28

Abri a porta dos fundos da cozinha, sentindo-me terrivelmente culpada sobre Brayden. Apesar de estar furiosa com ele, eu provavelmente poderia ter escolhido um momento melhor para explodir, sem falar no cancelamento do casamento.

Ponderei correr atrás de Brayden, mas ele já estava na metade do estacionamento, onde Jack tinha acabado de entrar em uma Lamborghini vermelha. Talvez fosse melhor deixá-lo sozinho até que absorvesse tudo, mas eu me sentia muito culpada por magoá-lo. Eu não queria retirar minhas palavras em um momento de fraqueza, mas ele tinha todo o direito de estar chateado.

Por outro lado, Brayden não parecia mais estar tão chateado assim. Ele gritou para chamar a atenção de Jack.

Jack colocou a cabeça para fora da janela e disse algo que não consegui entender.

Brayden riu. Ele ficou parado olhando o carro de Jack sair do estacionamento e desaparecer colina abaixo.

Suspirei e entrei novamente pela porta. Eu sabia que deveria contar a mamãe sobre a oferta por tempo limitado de Jack, mas aquilo me deixava deprimida. Mamãe também ficaria deprimida e eu não estava pronta para lidar com mais tristeza. Eu ficara extremamente

153

incomodada por Jack ter a audácia de se hospedar no Westwick Corners Inn enquanto planejava destruí-lo.

Mas a hipocrisia e a ausência temporária de Jack me davam uma pequena janela de oportunidade. Eu poderia entrar no quarto dele e ver se conseguiria encontrar mais alguma informação sobre o loteamento.

Subi a escada correndo e parei ao chegar ao andar de cima. Prendi a respiração, chocada ao perceber que praticamente me transformara em tia Pearl. Talvez a insanidade dela fosse hereditária.

Subi o último lance de escada, ponderando que, se o hotel já não estava afundado, nossa reputação em breve estaria. Estávamos condenadas se os clientes descobrissem que os funcionários invadiam os quartos enquanto tomavam o café da manhã.

Não, eu não era tia Pearl. Também tinha um motivo perfeitamente bom de verificar se faltava sabonete ou xampu. Andei pelo corredor até a sala de suprimentos para pegar vários artigos de higiene. Fiquei mais animada com a chance de fazer algo produtivo, para variar.

O corredor estava vazio quando destranquei a porta do quarto de Jack. O quarto estava uma bagunça, com lençóis e toalhas jogados pelo chão. Entrei no banheiro e fiquei alarmada ao perceber manchas de sangue na banheira. Quando o choque inicial passou, percebi que provavelmente eram da mão com o curativo.

Mas como ele machucara a mão?

Lembrei-me de minha tia e do medo que tinha de sangue. Ela não teria conseguido verificar o banheiro sem desmaiar.

Estudei o lugar. Além do sangue, nada mais parecia fora do comum no banheiro, mas algo imediatamente chamou minha atenção na lixeira ao lado da mesa. Uma chave de roda cheia de sangue estava dentro dela. Jack não parecia o tipo de pessoa que se automutilava, muito menos com uma chave de roda.

Subitamente, tudo fez sentido. Uma chave de roda era suficiente para matar qualquer pessoa, incluindo um homem grande como Sebastien Plant. E Sebastien era o rival romântico de Jack, que era alto e forte o suficiente para dar um golpe letal em Plant. E um Sebastien Plant bêbado não lutaria muito.

Dei meia volta e andei na direção da porta. Eu tinha que contar ao delegado imediatamente para que ele pudesse isolar o quarto e recolher provas. Jack obviamente não esperara ninguém em seu quarto. Ele deixara temporariamente a chave de roda na lata de lixo até que conseguisse descartá-la ao escurecer.

Meu coração quase parou quando quase atropelei vovó Vi. Ela devia ter me seguido silenciosamente.

— Você quase me matou de susto, Cen! — Ela flutuou para um canto acima da porta e olhou para mim com um sorriso.

— Você já está morta, vovó. Por que me seguiu até o quarto de Jack?

— O quarto é meu, não de Jack, e virei aqui quando eu quiser. — Ela olhou desaprovadoramente em volta. — Isto está uma desgraça. Ele é ainda mais bagunceiro que você.

Ignorei o insulto. — Vovó, por favor, você não pode invadir os quartos dos hóspedes desse jeito.

— Por que não? Você também está explorando.

— Não, não estou. Só vim trazer xampu e sabonetes. — Mostrei a ela a mão cheia de sabonetes pequenos e garrafinhas de xampu.

— Bela tentativa, senhorita. Não se esqueça de que consigo ler sua mente. Se está suspeitando tanto desse Jack, por que não me deixa ajudar?

— Não, vovó. Preciso ir agora. Tenho que contar ao delegado sobre a chave de roda. — Andei na direção da porta e congelei ao ouvir uma chave girando na fechadura.

CAPÍTULO 29

— O que diabos você está fazendo no meu quarto? — O corpo de Jack Tupper III enchia a porta e bloqueava a luz do sol que brilhava no corredor. E também bloqueava a minha saída.

— Limpeza. Vim trazer alguns itens de higiene. — Meu rosto ficou vermelho quando levantei a mão. Era dolorosamente óbvio que eu não estava perto do banheiro. E eu nem imaginara que Jack pudesse voltar. Ele devia ter esquecido alguma coisa.

— Eles não são necessários. Acho melhor você ir embora. — Ele acenou em direção à porta.

Andei em direção à porta, largando o xampu e os sabonetes sobre a mesinha ao passar por Jack.

Bati a porta atrás de mim e não olhei para trás.

Desci a escada correndo e fui para a sala de jantar, diretamente à mesa do delegado Gates. Notei com desânimo que Tonya estava lá novamente Eu simplesmente não podia esperar mais. — Preciso falar com você.

Tonya Plant estreitou os olhos ao me encarar.

Ela sabia que eu descobrira alguma coisa. Senti uma pontada súbita de medo ao lembrar do aviso de Hazel e Pearl. Eu deveria ter esperado até que o delegado estivesse sozinho, mas, nas circunstâncias do momento, como poderia? Jack provavelmente estava livrando-se da chave de roda naquele instante.

— O que foi? — Ele pareceu notar minha ansiedade.

— É confidencial. — Olhei rapidamente para Tonya, que estava alerta. Aquilo só significava uma coisa para mim: ela estava envolvida no assassinato do marido e suspeitava que eu diria alguma coisa sobre isso ao delegado. O que mais poderia ser urgente o suficiente para interromper a conversa dele? — Podemos conversar na cozinha?

Ele olhou para Tonya, que assentiu. — Dê-me cinco minutos.

* * *

DEZ MINUTO DEPOIS, Tyler Gates estava à minha frente na mesinha de bistrô da cozinha.

Ele se inclinou para a frente e falou baixinho: — Isso é tudo confidencial, mas uma chave de roda se encaixa melhor nos resultados da médica legista.

— Você deveria estar me falando isso? Não esqueça que sou a imprensa.

— Contar a você é parte da minha estratégia. Espero que possa publicar uma história que trará à tona os verdadeiros assassinos. Alguém na cidade sabe de alguma coisa.

— ENTÃO VOCÊ DESCARTOU tia Pearl e a bengala dela?

Ele balançou a cabeça negativamente. — Nada nem ninguém está descartado, mas era óbvio que a bengala não era pesada o suficiente para causar o dano que vimos no crânio de Plant.

Eu estremeci. — É melhor você se apressar antes que Jack destrua a prova. — Ele fora terrivelmente descuidado ao jogar a chave de roda na lata de lixo. Ou excessivamente confiante. Quem limpasse o quarto, que seria tia Pearl, a pessoa sendo incriminada, certamente a notaria. Mas, pelo jeito, Jack achara que éramos burras demais para fazer a conexão. Ou talvez não tivera tempo para se livrar da chave de roda.

157

— Os peritos criminais estão vindo de Shady Creek — disse Tyler. — Eu os chamei de volta quando vim para cá.

— Espero que Tonya não tenha ouvido.

— Não, ela saiu apressada logo depois de você.

Que ótimo. Eu precisava alertar tia Pearl e Hazel de que Tonya estava desconfiada de nós. — Ela é suspeita? Afinal de contas, é a esposa. Se quer minha opinião, ela não parece muito triste.

— Todos são suspeitos até que o caso seja solucionado — respondeu ele.

— Ela está envolvida de alguma forma. Você está ciente do caso amoroso deles?

Ele arregalou os olhos. — Estamos investigando. A pergunta é: como você sabe do relacionamento deles?

Eu me mexi na cadeira enquanto pensava em uma desculpa. Não podia dizer que o fantasma de minha avó espionara o quarto de Jack. — Vimos Tonya entrando no quarto de Jack.

— E acha que isso é prova suficiente do caso deles? Você deve ter algo mais além disso.

Eu tinha, mas nada que pudesse contar a ele. — Tonya e Jack são parceiros de negócios. Jack está tentando nos assustar para vendermos as terras para que ele construa um *resort* da Travel Unraveled. Sebastien era contra a ideia. Acho que foi por isso que o mataram.

O delegado ficou em silêncio enquanto digeria o que eu dissera. Eu tinha a sensação de que ele ponderava o quanto poderia me contar.

— Há mais. — Tirei o recibo do Walmart do bolso e entreguei-o a ele enquanto descrevia a garrafa de Gatorade na lata de lixo. — Não acho que ele estava bêbado. Tonya o envenenou com anticongelante, mas fez com que Jack o atacasse com a chave de roda. Quando ele morresse por causa do veneno, ela ainda poderia culpar Jack pelo assassinato. — A ideia do bode expiatório me ocorreu enquanto eu falava. Fazia muito sentido que Tonya quisesse incriminar Jack. Assim, manteria todos os espólios para si mesma.

Em meu estado de fome, que me privara de parte dos sentidos, tudo ficou chocantemente claro.

Tyler Gates assentiu. — Isso é consistente com o relatório da médica legista. Sebastien Plant foi submetido a um trauma causado por uma força grande, exatamente o tipo de ferimento que se esperaria de uma chave de roda. Mas, estranhamente, não sangrou tanto quanto deveria.

— Você quer dizer que talvez ele já estivesse morto quando foi atingido? — Eu me lembrei de ter visto algo similar em um programa de televisão.

Ele arregalou os olhos surpreso. — Sim.

Lembrei novamente da garrafa de Gatorade no quarto de Tonya. — A autópsia mostrou algum sinal de envenenamento?

Os olhos de Tyler ficaram reservados quando ele pegou o telefone e digitou alguns números. — É exatamente isso que precisamos descobrir.

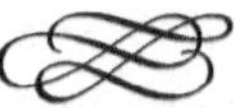

CAPÍTULO 30

A única cela da prisão de Westwick Corners não via muita ação. Ela era ocupada em raras ocasiões por alguns bêbados, mas nunca, até onde eu sabia, por uma bruxa. A hóspede de honra daquele dia era tia Pearl. Ela fora pega em flagrante com a varinha. Ou com a bengala, como o delegado acreditava que fosse. Ele a seguira até o posto de combustível depois de vê-la com outra lata de gasolina, confiscando a lata para evitar outra crise de piromania. Ele também confiscara a varinha. Comprar gasolina não era ilegal, mas roubar provas da polícia era.

A vigilância do delegado era boa, mas, de alguma forma, tia Pearl conseguira escapar. Eu não tinha dúvidas de que a magia tivera participação na perda de memória dele e na retirada da varinha do armário de provas da polícia. Prometi fazer com que ela enfrentasse a justiça.

Uma coisa que eu não conseguia explicar era como ela roubara a varinha, ou a bengala. A fechadura do armário estava intacta, sem sinais de arrombamento.

A única coisa boa que resultou dos truques de tia Pearl foi que ela finalmente concordou em me acompanhar até a delegacia para contar tudo. Eu temia que ela tentasse roubar a varinha novamente, mas era um risco que tinha que correr. Eu a convenci de que o delegado continuaria com a vigilância sobre ela, a não ser que fornecesse informações para gerar novas pistas. Para minha surpresa, ela concordou. Nós duas sabíamos que isso incluiria perguntas desconfortáveis sobre a varinha. O comportamento dela, até o momento, só criara confusão e incriminara-a. Eu realmente esperava que ela cooperasse.

Tia Pearl não tinha sido formalmente acusada ainda, mas parte de mim achava que a cela seria o lugar mais seguro para ela. Como bruxa, ela poderia fugir no momento em que quisesse, mas isso só deixaria as coisas piores. Eu precisava convencê-la a ficar lá enquanto investigava Tonya. Qualquer coisa diferente disso só ajudava o plano de Tonya de incriminar tia Pearl. Eu não tinha nenhuma prova disso, apenas um palpite e o conhecimento de que ninguém na minha família, incluindo tia Pearl, era um assassino.

Outra parte de mim ponderou por que o delegado Gates tinha prendido tia Pearl, em vez de se concentrar na prova que incriminava Tonya e Jack. A lei operava sobre fatos frios e concretos, e eu finalmente encontrara uma prova que apontava para longe de tia Pearl. O delegado tinha vários motivos para chamá-los para interrogatório, mas já usava a única cela disponível. Eu esperava que ele soubesse o que estava fazendo.

O plano de vovó Vi para que tia Pearl ficasse de olho em Tonya rapidamente dera errado, terminando com minha tia sob custódia. Portanto, estávamos de volta à estaca zero. Eu chegara à delegacia minutos depois do telefonema do delegado Gates, acompanhada de vovó Vi.

Depois de várias tentativas fracassadas de convencer vovó Vi a procurar Tonya, desisti. Eu entendia as prioridades de vovó Vi. Tia Pearl podia ter setenta anos, mas ainda era filha de vovó Vi, cujos instintos maternais tinham levado a melhor.

— Temos que tirá-la deste buraco, Cen.

— Relaxe, vovó. Acho que ela só está aqui para ser interrogada. — No fundo, eu me preocupava com o fato de o delegado não ter explicado exatamente por que tia Pearl estava sob custódia. Conhecendo tia Pearl, podia ser por várias coisas. Subitamente, um incêndio parecia muito pequeno em comparação a assassinato. Eu estava preocupada de ela ter levado as coisas longe demais.

Esperamos na recepção do escritório que servia como delegacia de Westwick Corners. Havia meia dúzia de cadeiras com encosto de vinil em uma das paredes da área da recepção, de frente para um balcão de madeira que datava da última reforma da prefeitura nos anos 1970. Peguei uma revista de dois anos atrás e folheei as páginas meio rasgadas, mas não consegui me concentrar.

A delegacia ficava no primeiro andar do prédio da prefeitura. Era o último lugar em que eu queria estar naquele momento. O escritório do prefeito ficava no mesmo prédio e eu não queria me encontrar com Brayden.

Vovó Vi flutuou de um lado para o outro na sala de espera, e entrando e saindo da sala de interrogatório onde estavam o delegado Gates e tia Pearl.

— Pode fazer o favor de parar? Seus movimentos para lá e para cá estão me dando uma dor de cabeça.

— Não consigo evitar, Cen. As coisas não parecem boas para Pearl. Ele está acabando com ela. — Vovó Vi flutuou acima de mim, parecendo mais transparente do que o normal por causa do estresse emocional de ver a filha sendo interrogada.

As vozes provenientes do escritório particular do delegado estavam abafadas, mas eu tinha certeza de que pertenciam a Tyler Gates e a Tia Pearl. Não havia mais ninguém ali.

— Você só ouviu partes da conversa. Talvez tenha interpretado algo da forma errada. — Eu estava irritada por vovó Vi ter entrado na sala de interrogatório para ouvir. E especialmente irritada porque ela conseguia espiar, mas eu não.

Vovó Vi balançou a cabeça. — A mensagem está bem clara para mim. O delegado Gates não tem outros suspeitos. Pearl vai se dar muito mal. — Ela fez um gesto com o polegar para baixo.

— É só uma tática de interrogação. Não acho que seja uma boa ideia você ouvir a conversa deles, vovó. Só deixa as coisas mais estressantes para tia Pearl, já que ela consegue vê-la. Talvez ela diga a coisa errada. — A combinação de vovó Vi e tia Pearl poderia causar um problema maior do que eu poderia aguentar. Tia Pearl poderia facilmente fazer alguma besteira e era por isso que eu estava lá. Quanto mais cedo eu tirasse minha tia maluca de perto do delegado, melhor.

— Shhh. Lá vem o delegado. — Vovó recuou para o canto do teto diretamente à minha frente.

Tyler Gates parecia triste, algo não totalmente inesperado, pois tia Pearl não fora exatamente muito cooperativa. Era o segundo dia dele no emprego e provavelmente já estava arrependido. — Vou manter Pearl sob custódia.

Eu me levantei imediatamente. — Você a prendeu? — Eu prometera a tia Pearl que o interrogatório só levaria cerca de uma hora. Ela ficaria furiosa comigo.

— Tecnicamente não, mas vou mantê-la aqui até amanhã. Estou bastante preocupado com a segurança dela edecidi mantê-la sob custódia protetora. Assim, posso ficar de olho nela.

Achei que eram todos os outros que precisavam se preocupar, mas não pretendia dizer aquilo. — Ela pode cuidar de si mesma. Mas, se está preocupado, pode deixá-la sob minha custódia. Prometo que vou vigiá-la como um falcão.

Tyler balançou a cabeça lentamente. — Receio que não possa fazer isso. Ela ameaçou ferir a si mesma.

Eu não acreditei naquilo nem por um segundo, suspeitando que o plano de tia Pearl para encerrar o interrogatório dera errado. — É só da boca para fora. A segurança dela não é motivo suficiente para mantê-la na cadeia.

— Não é o único motivo — disse ele. — Ela está envolvida demais no caso.

— Tia Pearl não é uma assassina. Eu sei que parece, mas ela não fez isso.

Um sorriso leve surgiu nos lábios de Tyler Gates. — Eu nunca disse que foi ela. Ela está sendo detida por obstrução da justiça, não por assassinato.

— Ah. — Meus ombros relaxaram quando absorvi a notícia. Por um lado, eu estava aliviada, mas também temia o caos que ela poderia causar de dentro da delegacia.

— Lamento, mas não tive escolha — disse ele. — Estou sendo pressionado pelo governador para solucionar o caso e sua tia não para de causar problemas. Ela não pode simplesmente retirar provas daquele jeito.

— Ah. — Eu me senti como um disco quebrado, mas não consegui pensar em nada mais a dizer sem me incriminar.

— De alguma forma, ela tirou a bengala do armário de provas. Ele estava seguramente trancado e nem sei como ela conseguiu. A fechadura não foi arrombada e sou o único que tem a chave. Pearl não quer me dizer como a tirou, mas eu a peguei com a prova.

Os olhos castanhos dele encontraram os meus e, apesar do calor no escritório pequeno, estremeci.

— Sim, ela precisa da bengala.

— Sugeri que ela conseguisse outra, mas Pearl se recusou. Eu estava disposto a ser condescendente, mas defini o limite em interferir na investigação — disse o delegado Gates.

— Não, você estava certo em fazer isso. — Eu poderia fazer muito mais sem precisar estar constantemente procurando tia Pearl. Sem dúvida, ela fugiria da custódia, mas eu lidaria com isso quando chegasse o momento. Na verdade, o fato de ela estar encarcerada me liberava para investigar Jack e Tonya.

Tyler Gates acenou para que eu me sentasse e sentou-se ao meu lado. — Eu estava conversando agora há pouco com a médica legista. Foram encontrados cristais de oxalato de cálcio nos rins de Sebastien Plant. Ele foi envenenado com etileno glicol. — Ele segurava na mão esquerda uma pasta de papel pardo onde estava escrito "Plant - Relatório do médico legista".

Coloquei a mão sobre a boca. — Eu estava certa sobre o anticongelante.

Ele assentiu. — Encontramos Tonya nos vídeos de vigilância do Walmart no mesmo horário do recibo.

Finalmente algumas provas sólidas que apontavam para outra pessoa que não tia Pearl. — Portanto, Tonya agora é oficialmente suspeita?

— Não posso dizer mais nada agora. Nem você. Só queria

confirmar que investigamos as informações que você forneceu. Mas você não pode dizer nada até que eu faça um comunicado oficial à imprensa mais tarde.

Eu me levantei, aliviada ao saber que a pressão sobre tia Pearl diminuiria. — Posso ver minha tia agora? — Olhei para cima, mas vovó Vi tinha sumido. Eu suspeitei que ela já estivesse com minha tia na cela.

— Não vejo por que não. Mas lembre-se, nada de comentar sobre os resultados da médica legista ainda. — Eu prometi e ele me conduziu pelo corredor até a cela solitária. Tia Pearl estava sentada na cama e olhou para cima quando nós nos aproximamos. Apesar de ser uma cela, tinha alguns toques pessoais, como um edredon sobre a cama e um tapete trançado no chão.

Tia Pearl não parecia nada impressionada com a decoração. Ela fez uma careta quando me aproximei das barras. — Quero um advogado.

Eu a ignorei e encarei o delegado.

Ele franziu a testa. — Ah, certo. Vou deixar vocês duas sozinhas por alguns minutos.

Westwick Corners estava falida e eu tinha quase certeza de que a cela não estava equipada com câmeras caras nem dispositivos de escuta. Mesmo que fôssemos vigiadas, eu tinha perguntas que precisavam de respostas. — O que aconteceu com Tonya? Você deveria segui-la.

— Era por isso que eu estava no posto de combustível. Eu a segui até lá, mas ela entrou em um caminhão da Centralex. — Tia Pearl cuspiu na pia ao dizer o nome da empresa, como se sentisse um gosto ruim.

— Você viu quem estava dirigindo o caminhão?

Tia Pearl assentiu. — Era aquele cara de cabelos compridos que estava no hotel.

— Você quer dizer Jack Tupper? O que está hospedado no antigo quarto de vovó Vi?

Levei um susto ao ouvir uma voz baixa xingando logo acima e ergui o olhar, vendo vovó Vi sacudindo o punho e resmungando para si mesma.

— Ele mesmo — disse tia Pearl. — Não pude segui-los porque estava a pé. Foi quando o delegado me abordou. Desde quando é crime comprar gasolina?

— Você não deveria ter fugido dele, tia Pearl.

— Ele ia me prender, Cen. Pelo quê? — Ela sacudiu os braços. — Sou inocente. Quero um advogado.

De acordo com o delegado, tia Pearl não estava tecnicamente presa ainda, mas eu não queria estender a discussão. — Para que lado foi o caminhão da Centralex?

— Eles pegaram a saída da estrada em direção a Shady Creek.

Meu coração ficou pesado. — Agora perdemos os dois. Nunca saberemos o que estão planejando. — Tonya e Jack tinham motivos fortes. Tonya acabara de obter o controle totalitário do império da Travel Unraveled e os dois, por serem amantes, tinham eliminado o único obstáculo para o relacionamento deles. Tonya precisava se livrar de tia Pearl para continuar com os planos de loteamento e era perfeitamente lógico que incriminasse Pearl pelo assassinato.

— Não precisa se preocupar. — Vovó Vi desceu do teto e flutuou ao lado de tia Pearl. — Vou encontrá-los. Onde fica essa Centralex? Vou começar por lá.

Peguei meu celular e procurei o endereço. Ter um fantasma à minha disposição era certamente uma vantagem. — Vou com você.

CAPÍTULO 31

Pisei no acelerador em direção à estrada para Shady Creek e para a Centralex. Eu esperava que fosse o lugar para onde Tonya e Jack se dirigiram, pois não tinha outra forma de encontrá-los.

Era difícil me concentrar na direção com vovó Vi flutuando livremente dentro do carro. Fantasmas não se sentavam, eles flutuavam, e ela parecia bloquear minha visão sempre que eu olhava pelo espelho retrovisor. A forma semitransparente dela criava um borrão que também fazia com que fosse difícil ver à frente.

— Mantenha os olhos na estrada, Cen, caso contrário, acabaremos mortas. — Vovó flutuou perigosamente perto do volante. Eu duvidava que um fantasma conseguiria agarrar o volante, mas fiquei nervosa mesmo assim.

— Você já está morta, lembra?

— Você também estará se não diminuir a velocidade — resmungou ela, voltando para o banco de trás.

Mudei de assunto. — Tente se lembrar o que mais aconteceu no quarto de Jack e Tonya.

— Além do sexo, você quer dizer?

— É claro, além disso. Sobre o que eles conversaram?

— Eu não estava prestando atenção, mas lembro de algo sobre ficarem noivos.

— Você quer dizer um com o outro? — Outro motivo para assassinato, mas eu não podia dar ao delegado Gates uma informação não confirmada proveniente de um fantasma bisbilhoteiro. Precisava confirmar as alegações dela.

— Tonya disse a Jack que teriam que esperar um ano até que as notícias sobre o assassinato de Sebastien morressem. Foi só o que eu ouvi.

Senti um nó na garganta ao ouvir falar de casamento. — Tem certeza? Tente se lembrar. Sabemos que um deles ou ambos mataram Sebastien Plant. Só precisamos provar.

— É por isso que estamos indo até Shady Creek atrás deles? — Vovó flutuou sobre o banco da frente, criando um ponto cego semitransparente. — Parece um desperdício de tempo. Esse não é o trabalho do delegado?

— Ele não sabe lidar com bruxas, vovó. Precisa da nossa ajuda.

— Ele fez um trabalho muito bom com Pearl. Por que estamos ajudando o delegado? Ele prendeu Pearl. É perseguição.

— Ela mereceu e você sabe disso. — Eu não podia esperar que vovó Vi fosse objetiva quando a própria filha estava envolvida. — Assassinato é muito mais grave e Tonya e Jack estão tentando roubar nossas terras. Estamos ajudando nossa própria causa. É para o nosso bem ajudá-lo a preparar uma armadilha para Tonya e Jack.

— Aquele hippie já está no meu quarto. Quero que ele saia de lá. — Vovó Vi flutuou de lado e parou sobre o banco do passageiro. — Como exatamente vamos fazer isso?

— Diremos que mudamos de ideia sobre a venda. Sou só a mensageira de mamãe, Pearl e Amber, as verdadeiras donas. Portanto, eles não terão opção além de voltar para Westwick Corners.

Vovó Vi fungou. — Parece arriscado. Não posso dar minha opinião?

— É claro que pode, mas você é um fantasma, lembra? Deixou a propriedade para suas filhas, portanto, depende delas fazer qualquer negócio. É só uma isca. Não vamos vender o lugar.

— É melhor que não vendam. Quero meu quarto de volta. Especialmente agora que você cancelou o casamento.

— Por mim, tudo bem. — A decisão não era minha, mas eu também não pretendia dividir minha casa com vovó Vi por muito tempo. Acabaríamos enlouquecendo uma à outra. — Precisamos primeiro encontrar Tonya e Jack. Faremos com que eles voltem a Westwick Corners.

Dirigi mais trinta minutos em silêncio até chegarmos à saída para Shady Creek e mais um quilômetro até o centro da cidade. A Centralex ocupava o prédio mais alto, uma monstruosidade de concreto e vidro que parecia brotar dos prédios mais baixos de tijolos e madeira como uma erva daninha.

Reduzi a velocidade ao chegarmos ao prédio, mas senti uma pontada de medo com a ideia de entrar no estacionamento.

— Você errou a entrada — comentou vovó Vi.

— Eu sei. Preciso formular um plano. — Virei a esquina e dei a volta no quarteirão.

— Sério, Cen? Você teve tanto tempo para pensar no assunto durante a viagem até aqui. Pare de pensar e vamos agir.

— É fácil para você dizer isso. Você é invisível. — Reduzi a velocidade novamente ao voltar à frente do prédio. Fiquei animada ao ver o caminhão da Centralex no estacionamento. Minhas esperanças morreram rapidamente quando vi três outros caminhões idênticos. — Eu queria que houvesse uma forma mais fácil de descobrir se estão aqui ou não.

Vovó Vi soltou uma exclamação. — Eu vou lá, você espera no carro.

— Nem pensar. — Vovó não podia dirigir, mas eu não tinha dúvidas de que ela poderia causar problemas dentro da sede da Centralex. Fui até o final do estacionamento e coloquei o carro em uma vaga. — Vamos.

Ao andar na direção do prédio, tive a sensação de que não haveria volta.

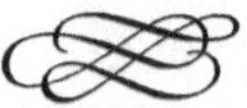

CAPÍTULO 32

Empurrei a porta pesada de vidro da sede da Centralex, surpresa por estar destrancada em um sábado. Eu a mantive aberta por alguns instantes para que vovó Vi passasse. Era força do hábito, mas completamente desnecessário, pois ela conseguia atravessar portas de vidro.

A porta se abriu para um saguão grande de vidro, com uma escada em um dos lados.

— Espere aqui — disse eu para vovó Vi. Subi a escada até o segundo andar. Andei na ponta dos pés sobre o carpete grosso ao ouvir vozes no fim do corredor.

Duas pessoas conversavam, mas, a julgar pelas vozes profundas, eram dois homens, não Jack e Tonya.

Fiquei parada contra a parede oposta à sala. Meu ponto de vista dava uma linha de visão clara por uma porta aberta, mostrando a mesa de conferência. Os dois homens estavam sentados a poucos metros de distância e o que estava virado para mim era Jack.

Fiquei chocada ao reconhecer a voz de Brayden.

— O zoneamento precisa ser mudado, mas isso é fácil — disse Brayden. — Os conselheiros geralmente fazem o que eu digo. A família West quer muito dinheiro, mas acho que aceitarão sua oferta se for razoavelmente próxima ao valor de mercado.

Senti um nó na garganta ao perceber que Brayden falava sobre a nossa propriedade. Não só vovó Vi estivera certa sobre o plano de Jack e Tonya, como sobre o fato de Brayden estar envolvido. Ele estivera conspirando com Jack antes mesmo de eu ter terminado o relacionamento. Aquilo me deixou magoada. Como prefeito, ele claramente tinha um conflito de endereços, mas como pudera me trair daquele jeito?

Eu estava tão furiosa que quase invadi a sala. Respirei fundo para me acalmar ao chegar um pouco mais perto. Não precisava de vovó Vi ao meu lado para ler a mente de Brayden.

Jack empurrou uma pilha de papéis sobre a mesa até Brayden. — Se isso tudo passar, há algo para você.

Brayden estava sendo comprado? Ele era muitas coisas, mas não um criminoso. Eu tinha certeza de que ele não aceitaria um suborno, mas também não conseguia acreditar no que ouvia.

— Não sei — disse Brayden. — Será difícil desistir da política assim.

— Não é preciso. Trabalhe comigo por alguns anos e, depois disso, volte à política. — Jack se levantou e deu a volta até onde Brayden estava. — Você consegue as conexões políticas para nós e faremos seu nome. — Jack bateu de leve nas costas de Brayden. — Todos saem ganhando.

— É tentador — disse Brayden. — Não há mais nada que me prenda em Westwick Corners.

Ele obviamente se referia a mim, mas parecia não se importar com a cidade que dissera amar tanto.

— É, lamento, amigão. Ouvi falar do fim do seu relacionamento. — Jack deu um soco de brincadeira no braço de Brayden. — Em longo prazo, será melhor para você.

Fiquei brava por Jack me julgar sem nem me conhecer. Eu gostava cada vez menos dele.

— Eu sei — assentiu Brayden.

Agora eu estava realmente furiosa. Brayden me esquecera muito depressa. E agora estava vendendo a cidade para quem dava o lance mais alto. Apesar de ele ainda não ter feito nada, só aquela conversa com Jack fazia com que fosse um traidor para mim. Até onde eu sabia, ele não recebera um suborno, mas uma oferta de emprego era muito diferente disso? De qualquer forma, ele estava aceitando uma recompensa por fazer vista grossa, em vez de cuidar dos interesses dos eleitores, dos cidadãos de Westwick Corners.

Dei um pulo quando meu telefone tocou. Brayden também ouviu. Ele andou na direção da porta e espiou o corredor, ficando de boca aberta ao encontrar meu olhar.

Jack me notou uma fração de segundo depois. — Falando do diabo.

Ergui o indicador. — Preciso atender. — Atendi o telefone enquanto pensava no que dizer a seguir.

A voz de vovó Vi soou no ar. — Onde você está?

— Não importa. Por que está me telefonando?

— Estou esperando você no saguão. Já terminou? Quero voltar para Westwick Corners. — Vovó Vi terminou com um suspiro teatral.

— Fantasmas não usam celulares — sussurrei no telefone ao me afastar da porta o mais depressa possível e andar pelo corredor apressada.

— Eu acabei de telefonar para você, não foi?

— Onde conseguiu meu número?

— Ai, Cen, você é ridícula às vezes. Não preciso de seu telefone e não preciso telefonar para você. — A imagem de vovó Vi lentamente se materializou à minha frente. No fim das contas, ela não usara um telefone, apenas a magia. — Eu tinha que fazer alguma coisa para chamar sua atenção e fiz com que seu telefone tocasse. Preciso lhe dizer o que descobrir.

— O que descobriu? Você deveria estar me esperando no andar debaixo.

CAPÍTULO 33

— O que você está fazendo aqui? — Jack estreitou os olhos ao me observar. — E por que diabos está falando sozinha?

Vovó Vi deu uma risadinha ao olhar para mim do teto.

Brayden seguiu Jack até o corredor. — Ela faz isso o tempo todo.

Ignorei Brayden e concentrei-me em Jack. — Espero que não seja tarde demais. Decidimos vender.

— Cen, isso é ótimo. — Brayden se aproximou de mim. — Você não se arrependerá.

— Estou ouvindo — disse Jack. — Mas encontrei outra propriedade, portanto, talvez seja tarde demais. Ou talvez você tenha que aceitar um valor menor. Eles estão considerando nossa oferta neste momento.

Ignorei o blefe dele. — Mamãe, tia Amber e tia Pearl estão prontas para assinar seus documentos, com uma condição.

— Que condição?

— Você precisa voltar a Westwick Corners. Tia Pearl está meio presa no momento e não pode sair da cidade. Pode fazer isso?

— Eu acho que sim. — Um sorriso se espalhou lentamente pelo rosto de Jack.

— Ótimo. — Olhei para o relógio. — Vamos nos encontrar amanhã pela manhã. — Precisávamos do tempo extra para garantir que a WICCA fizesse justiça com Tonya antes do delegado Gates. Dei alguns passos em direção à escada e virei-me. — Ah, mais uma coisa.

— O quê?

— Por favor, leve Tonya.

— Tonya Plant? Por que eu levaria...

— Eu sei tudo sobre sua parceria com ela e os planos do *resort*. — Apontei para Brayden. — Brayden me contou tudo.

Jack arregalou os olhos. Ele se virou para Brayden, mas não disse nada.

Brayden ficou de boca aberta.

— Você não achou que ele manteria segredos da futura esposa, achou?

— Eu não contei nada a ela. — Brayden se virou para Jack. — Não sei do que ela está falando. Não contei nada a ninguém.

Dei de ombros e virei-me na direção da escada, com vovó Vi a poucos metros à frente. Desci os degraus, sentindo-me enjoada por ter sido tão ingênua. Como uma tola, eu confiara totalmente em Brayden, sem perceber que ele nunca fora leal a mim. Eu só esperava que vovó não falasse nada sobre estar certa. Eu não estava com humor para isso.

Vovó Vi flutuou impacientemente em frente à porta. — Ande logo, não temos o dia inteiro.

* * *

— Qual é o seu problema? — Olhei para vovó Vi, que estava incomumente quieta ao percorrermos a estrada em direção a Westwick Corners. — Você está muito quieta.

Vovó Vi só deu de ombros ao flutuar sobre o banco do passageiro. Ela não mudara de posição desde que deixáramos Shady Creek meia hora antes. Era mais fácil dirigir assim, mas eu fiquei preocupada. Alguma coisa estava errada.

Eu não a pressionei e decidi aproveitar o silêncio. Era um dia ensolarado, perfeito para um passeio. Podia muito bem aproveitá-lo antes de ter que enfrentar Jack e Tonya novamente.

Um barulho alto vindo da parte de trás do carro me assustou. Eu não sabia muito sobre carros, mas lembrava-me vagamente de que, uma vez, um tubo de escape se soltara no meu carro velho. Esse barulho não era o mesmo, mas foi tudo em que consegui pensar. Talvez fosse um cano solto ou algo assim. — Vou parar. Acho que quebrou alguma coisa no carro.

— Não, não, não! — Vovó Vi sacudiu os braços freneticamente. — Continue!

— Não posso, não quando o carro está se desmanchando. — Reduzi a velocidade e passei para a pista da direita.

— Cen, escute. — Vovó Vi flutuou a poucos centímetros do meu rosto. Transparente ou não, eu mal conseguia enxergar à frente. Era como dirigir em uma neblina forte, só que o dia estava ensolarado. — Tonya está no porta-malas.

O carro deu uma guinada quando o lado do passageiro saiu do asfalto e foi para o acostamento.

Tirei a mão do volante para empurrá-la para o lado, mas, obviamente, minha mão a atravessou. — Saia da frente, vovó! Não consigo enxergar nada.

Ela voltou para o banco do passageiro. — Ah, desculpa.

— Por que não me contou antes? — Agora estava claro que o barulho era de batidas vindas do porta-malas.

— Eu não queria assustar você, pois sabia que reduziria a velocidade e acabaríamos... como estamos agora.

— Entendo. — Mas não entendia nada. — Tonya é uma bruxa. Ela não pode usar magia para escapar do porta-malas?

— Não contra a minha magia, mas não temos muito tempo. Meus feitiços de fantasma não duram muito tempo. Acho que temos mais cinco ou dez minutos antes que a magia termine. Agora, volte para a rodovia e pise no acelerador.

— Eu não entendo. Tonya teria ido de qualquer forma...

— Cen, cale a boca. — Vovó balançou a cabeça de um lado a outro.

— O que foi?

Vovó Vi fez um gesto de silêncio sobre a boca e bateu no lado da cabeça.

Óbvio. Como vovó podia ler mentes, bastava eu pensar nas perguntas. Assim, Tonya não as ouviria. Mas ela não ouviria as respostas de vovó? Talvez o feitiço cuidasse disso.

Vovó Vi ligou o rádio no volume máximo e moveu os lábios. — Antes que Tonya e Jack respondam pelos crimes em Westwick Corners, Tonya precisa enfrentar a justiça da WICCA. Ela também cometeu crimes sobrenaturais que devem ser resolvidos.

Pelo menos, foi o que achei que ela tinha dito. — Então, você a sequestrou? — A forma de justiça de vovó Vi me deixou um pouco inquieta e eu não conseguia imaginar como ela colocara Tonya no porta-malas. Era fisicamente impossível. Vovó Vi obviamente tinha alguns truques na manga fantasmagórica.

— Não fiz nada disso. Ela tinha um mandado. — Vovó sorriu. — E há também uma bela recompensa pela cabeça dela.

CAPÍTULO 34

ia Pearl já nos aguardava quando paramos em frente à Escola de Encantamento de Pearl. Ela tirara uma licença sobrenatural não autorizada da prisão de Westwick para garantir que a justiça fosse feita. Eu só esperava que o delegado não fosse procurá-la por algumas horas. Tínhamos que cuidar de assuntos da WICCA.

— Hazel está preparando tudo no escritório da WICCA em Londres — disse tia Pearl. A justiça da WICCA era rápida, mas muita coisa poderia dar errado até que entregássemos Tonya para enfrentar o tribunal.

Alan correu na nossa direção, abanando a cauda. — Vamos levar Alan.

Tia Pearl balançou a cabeça negativamente. — Não é o momento para isso, Cen.

— Sim, é o momento certo.

— Ela tem razão, Pearl. — Vovó Vi gesticulou na direção do porta-malas, onde Tonya chutava e gritava. — Vocês não têm tempo a perder, vão logo.

Arregalei os olhos. A ideia de tia Pearl e eu cuidando de Tonya me deixou aterrorizada. Claro, tínhamos Alan, mas as habilidades dele eram limitadas na forma atual. — Você não vai conosco?

Vovó Vi balançou a cabeça negativamente. — Agora que estou em casa, não pretendo sair de novo, não importa o motivo. Apressem-se.

Tiramos Tonya, que xingava muito, do porta-malas. Os rosnados de Alan a mantiveram quieta.

Segui as instruções de teletransporte de tia Pearl e, menos de cinco minutos depois, todos nós nos materializamos em frente a um prédio de aço e concreto. Ele estava bem iluminado, apesar de, obviamente, ser mais de meia-noite. As ruas do centro estavam silenciosas e vazias. Era assustador, para dizer o mínimo.

A porta giratória da frente do prédio começou a girar bem lentamente. Supus que fosse um convite para entrarmos e foi o que fizemos. Tia Pearl estava na frente, Tonya no meio e eu logo atrás. Entramos em um elevador que pareceu surgir do nada à nossa frente. A porta se fechou e tia Pearl apertou o botão do 67º andar.

Ficamos em silêncio durante o percurso. As palavras de tia Pearl sobre Tonya ser uma bruxa ruim me confortaram, até eu perceber que minha tia provavelmente dissera exatamente a mesma coisa sobre mim.

As portas do elevador se abriram e fomos recebidos por dois guardas. Um deles levou Tonya pelo corredor até uma sala de detenção. O segundo nos conduziu até o escritório principal. Segui tia Pearl e Alan em direção à sala de conferência do conselho da WICCA.

A associação internacional das bruxas era uma organização global de centenas de anos, portanto, eu imaginara que o escritório de Londres da bruxa Hazel fosse de madeira escura e tijolos, em uma mansão antiga com lareiras de pedra imensas.

Era exatamente o oposto. Em vez de mística e aconchegante, a decoração do escritório era limpa, estéril e moderna, adequada ao 67º andar do prédio comercial mais alto de Londres. A mobília era moderna, esparsa e branca, com muito vidro, cromados e luzes fortes. Como tudo o mais, a WICCA mudara com o tempo.

Minha imagem romântica e mística da WICCA se desenvolvera porque eu sabia muito pouco sobre ela. Na verdade, eu sempre tentara ignorar a WICCA e tudo o que tinha a ver com a minha parte sobrenatural. Mas as lições de magia de tia Pearl tinham aberto um mundo totalmente novo para mim, um que eu nunca quisera ver até agora.

Também vi minha tia sob uma luz totalmente nova. Sim, ela era teimosa e geniosa, mas também se importava profundamente com Westwick Corners e faria de tudo para proteger a cidade e nossa forma de vida. Ela também levava seus talentos muito a sério. Eu nunca admitiria isso, mas sentia orgulho dela.

Tia Pearl e eu éramos as duas testemunhas principais a depor contra Tonya e eu não queria estragar tudo. Tínhamos uma tarefa importante à frente. Infrações mágicas precisavam ser julgadas pelo sistema de justiça da WICCA. Eu só esperava que nossas alegações sobrevivessem ao escrutínio sobrenatural.

Tia Amber nos levou à sala do conselho executivo, onde Hazel estava sentada na cabeceira da mesa branca. Tia Amber estava sentada à esquerda dela, e tia Pearl e eu nos sentamos ao seu lado.

Hazel permaneceu sentada e não disse nada. Pela expressão cansada e pelos olhos inchados, era óbvio que estivera chorando. Por causa do relacionamento que tivera com Sebastien, ela não poderia fazer parte do julgamento. Mas, como presidente da WICCA, era necessário que estivesse presente.

Alan me seguiu e sentou-se aos meus pés. Eu estava determinada a acabar com as desculpas e a procrastinação de Hazel. Um olhar para os olhos castanhos tristes dele fariam com que Hazel se sentisse culpada e devolvesse a ele a forma humana, mas isso teria que esperar até o fim do julgamento.

Olhei para o lado oposto da mesa de conferência para as três juízas que decidiriam o destino de Tonya. As três mulheres grisalhas, de aparência frágil, pareciam ter pelo menos noventa anos. Todas pareciam encarquilhadas, o que esperei que significasse que eram sábias em termos de leis da WICCA.

Seres sobrenaturais exigiam detenções sobrenaturais. Era por isso que a WICCA fazia a própria justiça. E era por isso que nossa missão era tão importante.

A sala cheia de tensão era um barril de pólvora prestes a explodir quando Tonya chegou escoltada por um guarda. Ela manteve o olhar abaixado, evitando o contato com qualquer pessoa quando a primeira juíza leu as acusações.

A acusação mais grave, de abuso de poderes sobrenaturais, tinha a punição mais severa. Se fosse declarada culpada, Tonya seria expulsa da WICCA e seus poderes sobrenaturais seriam removidos para sempre.

Punições mortais não eram nada em comparação às da WICCA e uma cela de prisão em Washington não era nada em comparação às sentenças da WICCA. Se Tonya fosse declarada inocente no tribunal da WICCA, seus poderes sobrenaturais permaneceriam intactos. Ela escaparia facilmente de uma prisão estadual em Washington e conseguiria se livrar de seus crimes. Era por isso que ela precisava ser primeiro julgada sob as leis da WICCA. Só precisávamos fornecer provas de que Tonya cometera um crime usando bruxaria. Provas do crime eram fáceis, pois tínhamos muitas provas de que ela matara o marido. A parte mais difícil era mostrar como ela usara os poderes sobrenaurais para fazer isso.

— Primeira testemunha — disse a juíza número um. — Diga seu nome e seu endereço.

Fiquei com a palma das mãos suada ao dizer minhas informações em voz alta. Gradualmente, relaxei ao resumir os fatos, começando por encontrar o corpo de Sebastien Plant no caramanchão e terminando com a descoberta do anticongelante no copo dele na mesinha de cabeceira.

A juíza número dois entrelaçou os dedos pálidos. — É tudo o que você tem? Não há magia alguma envolvida nisso.

— Não, há mais. — O futuro de Westwick Corners dependia de minha última prova. Seria o suficiente?

Tirei da bolsa três cópias do relatório da médica legista. Eu usara minha magia para fazer cópias do relatório, o que fazia com que eu fosse tão ruim quanto tia Pearl. Era para garantir que a justiça fosse feita, disse eu a mim mesma ao entregar uma cópia para cada juíza. — O relatório da médica legista prova que Tonya envenenou Sebastien antes que Jack o atingisse com a chave de roda. Sebastien já ingerira o veneno quando ele e Tonya deram entrada no hotel, mas ela lhe deu mais um pouco no quarto. As impressões digitais dela estão no copo e o DNA dele está na borda. Com base nas estimativas da médica legista, ele bebeu uma dose letal de anticongelante depois que eles chegaram ao hotel. Pearl pode corroborar o horário em que eles chegaram. Mesmo assim, ele só chegou ao caramanchão horas depois. Já deveria ter perdido a capacidade de ficar de pé e de caminhar.

Olhei para as juízas para avaliar a reação delas, mas todas estavam com o rosto inexpressivo. Tia Pearl se mexeu na cadeira ao meu lado.

— Alguém teve que carregar Sebastien Plant, morbidamente obeso, até o caramanchão.

Respirei fundo e peguei minha última arma, o meu *notebook*. Nele, estava o vídeo da câmera de segurança. — Aqui, vocês podem ver Tonya e Sebastien flutuando do lado de fora do hotel.

Tonya se levantou de súbito. — Isso não prova nada.

— Prova que você estava do lado de fora com Sebastien e não dormindo, como alegou. O vídeo é das 7h30 e, se observarem atentamente, verão que os olhos de Sebastien estão fechados. Ele está claramente inconsciente.

O rosto das juízas permaneceu impassível enquanto elas assistiam ao vídeo.

— Também prova que Tonya usou seus poderes sobrenaturais para levá-lo até o caramanchão. — Eu me virei e encarei as três juízas, que se inclinaram para a frente.

O vídeo não mentia, mas provava que Tonya mentira.

— Tonya tentou incriminar Pearl, outro membro da WICCA, pelo crime. Mas ela se entregou com o bilhete que deixou na cena do crime. — Peguei uma cópia do bilhete e deslizei-a sobre a mesa para as juízas. — Ela usou um estilo estrangeiro.

A juíza número três franziu a testa, confusa. — E daí?

— Pearl é norte-americana e não usa este estilo.

— Muitas pessoas escrevem assim. Hazel, por exemplo — protestou Tonya. — Isso não faz com que eu seja culpada.

Balancei a cabeça negativamente. — Hazel não consegue fazer rimas.

Hazel me olhou friamente, apesar de eu ter acabado de defendê-la.

— O laboratório forense analisou o bilhete e encontrou as impressões digitais de Tonya por toda parte. Não havia impressões digitais de Hazel. — Deslizei o relatório sobre a mesa.

A juíza número dois o pegou.

Tia Pearl suspirou. — Já passei algum tempo na prisão por causa da acusação falsa de Tonya. Quero que a justiça seja feita.

A juíza três soltou uma exclamação. — Tonya tentou incriminar outro membro da WICCA?

Eu assenti. — Ela também convenceu Jack de que ele matara Plant. Quando ele deu os golpes com a chave de roda, não tinha ideia de que Tonya já dera a Sebastien uma dose letal de anticongelante.

Hazel soltou uma exclamação.

— Como você se declara, bruxa Tonya? — perguntou a juíza número um.

— Culpada.

cordei cedo e fui para o escritório, renovada depois de uma boa noite de sono e de saber que Tonya Plant perdera os poderes sobrenaturais. A decisão das três juízas da WICCA fora unânime. Os poderes de Tonya tinham sido removidos de forma imediata e permanente. Além disso, ela cumpriria uma pena de dez anos da WICCA depois do término da sentença do estado.

A justiça também fora feita com Alan. Hazel removera a maldição e devolvera a forma humana ao meu irmão. Ele estava de volta ao normal e tomando um café da manhã farto no hotel.

Tonya fora liberada e aguardava a sentença, com a condição de que usasse uma tornozeleira eletrônica para que seu paradeiro fosse sempre conhecido. Eu não tinha dúvidas de que, naquele momento, ela estava com Jack a caminho de Westwick Corners.

Eu tinha confiança de que ela voltaria, pois estava praticamente salivando sobre o *resort* do vórtice de Westwick Corners. Ela tinha certeza de que, apesar da condenação pela WICCA, seu plano ainda se realizaria. A única coisa de que ela e Jack precisavam era finalizar a papelada para fechar o negócio conosco.

Eu tinha outra coisa em mente, com base na prova que agora estava nas mãos do delegado Gates. Mal podia esperar para ver a justiça ser feita e ver Tonya e Jack presos. Nosso ardil de aceitar a oferta de venda finalmente os exporia.

Enquanto eu esperava a chegada deles, precisava finalizar a edição atual do *The Westwick Corners Weekly*. E que semana fora aquela. Um assassinato, um casamento cancelado (que era o tipo de coisa que chegava às manchetes em nossa cidade), um prefeito em conflito e, finalmente, a notícia de que tínhamos nosso próprio vórtice. Quem diria?

E havia a outra notícia que eu não poderia publicar, mas que causara um alvoroço no mundo das bruxas: uma de nós fora responsável por um crime terrível e estava prestes a pagar o preço por isso. Aquela história não precisava da minha ajuda, pois praticamente escrevia a si mesma.

Minha participação na inauguração do Westwick Corners Inn parecia trivial em comparação às outras notícias e eu não tive opção além de eliminar aquela história e substituí-la pela do assassinato de Sebastien Plant. A publicidade perdida provavelmente prejudicaria nosso negócio, mas as outras notícias compensariam essa perda.

Pela primeira vez, o *The Westwick Corners Weekly* estaria cheio de conteúdo original, em vez de cupons e propagandas. As pessoas conheceriam os fatos antes que a história se espalhasse com fofocas. E, percebi, as histórias eram, na verdade, uma só.

Em resumo, Westwick Corners era um local interessante e valia a pena o desvio na estrada. Os turistas provavelmente não leriam nosso jornal local, mas os residentes certamente frequentariam o *Ponto do Feitiço* para discutir os acontecimentos mais recentes durante as bebidas. Eu poderia tirar algo bom de uma situação ruim.

Olhei para o relógio e percebi que a reunião que fora marcada com Jack e Tonya aconteceria em menos de trinta minutos. Eles achavam que estavam prestes a comprar nossa propriedade, mas tínhamos algo totalmente diferente em mente.

Se eu conseguisse chegar ao hotel a tempo.

Momentos desesperadores exigiam medidas desesperadoras. Portanto, usei magia para rascunhar uma história sobre o assassinato, outra sobre os Plants e a empresa deles, Travel Unraveled. Bastaria adicionar um vórtice e *voilà*, eu teria uma edição final.

Meia hora depois, o jornal estava revisado, formatado e pronto para ser publicado. Só faltava carregar a história para o website do *The Westwick Corners Weekly* no momento certo.

Eu acabara de tomar o café frio quando um barulho alto me assustou.

— Mas que...? — Eu engasguei e cuspi o líquido sobre a mesa.

Uma fração de segundo depois, tia Pearl caiu pelo teto sobre a cadeira em frente à minha mesa. Apesar da estatura pequena, a cadeira rachou por causa do impacto. Quarenta e cinco quilos de pele e osso a quebraram. Tia Pearl não parecia nada abalada.

— Droga! Estou ficando velha demais para isso. — Ela fez uma careta ao se mexer na cadeira. — Jack e Tonya já devem ter chegado ao hotel. Por que você ainda está aqui?

Tia Pearl fora oficialmente declarada naquela manhã não ser mais suspeita, depois que o relatório da médica legista identificara a chave de roda como a arma do crime. O sangue na varinha dela fora sangue de vaca, não humano. Tudo fora preparado para incriminá-la, mas a polícia provara o contrário.

— Desculpe. — Eu me levantei e segui minha tia quando ela andou na direção da porta.

— Só lembre-se de me acompanhar. — Ela desceu a escada, batendo com a varinha no corrimão. — Nossa, como é bom estar livre.

Eu me lembrei de que quase me casara e quase me tornara esposa de um político. — Concordo plenamente.

CAPÍTULO 36

Mamãe, tia Pearl e eu seguimos Tonya e Jack ao atravessarmos o jardim até o caramanchão. Tonya Plant e Jack Tupper III eram participantes relutantes, pois contavam com a prisão de tia Pearl na cena do crime pelo assassinato de Sebastien Plant.

Apesar de Tonya e Jack estarem ansiosos para verem tia Pearl presa por assassinato, estavam mais entusiasmados com a ideia da assinatura da papelada de venda de nossa propriedade.

Bati de leve no relógio. — Tia Amber deveria ter chegado há uma hora. Tenho certeza de que ela estará aqui a qualquer minuto. — Era uma mentira com a intenção de despistá-los.

— Isso terá que esperar — disse o delegado Gates, andando em nossa direção. — Tenho que resolver algumas coisas primeiro. Tenho algumas perguntas sobre Sebastien que precisam de resposta. — Tyler apontou para Tonya, que o ignorou. Ela estava parada alguns metros atrás do grupo, ocupada com algo na tela do telefone.

Jack pigarreou e mexeu as mãos de forma desconfortável.

Tonya levou um momento para perceber que todos a encaravam. — Você não pode estar falando sério. É um milagre que tenha sido contratado como delegado, mesmo nesta cidade minúscula e provinciana. Você sabe que ninguém mais aceitaria o emprego, não é?

O delegado Gates ignorou o insulto.

— A maioria das pessoas nem desejaria morar aqui — acrescentou Tonya. — Nem mesmo policiais incompetentes.

Pearl estreitou os olhos. — Esta cidade supostamente provinciana é um vórtice, senhorita. Você está com inveja porque não pode morar aqui. Se está pensando que tomará nosso vórtice, pode desistir da ideia.

Mamãe bateu de leve no braço de Pearl. — Acalme-se, Pearl. O vórtice pode ser aproveitado por qualquer pessoa.

— Mas não para ser explorado — acrescentei.

O delegado Gates parecia confuso. — Que vórtice?

Fiz um gesto de dispensa com a mão. — Explicarei mais tarde.

— Que seja. — Tonya fez uma careta para o delegado. — Eu sabia que isso seria uma perda de tempo. Preciso ir embora, portanto, deixarei a papelada com vocês. Se tiverem perguntas, elas poderão ser respondidas pelo meu assistente. — Ela vasculhou a bolsa e tirou um cartão de visitas, enfiando-o na mão do delegado.

— Você não vai a lugar algum — disse ele.

— Você não pode me dar ordens. Sou livre para fazer o que eu quiser. Você é incompetente demais até mesmo para encontrar o assassino do meu marido.

O delegado novamente ignorou o insulto. — Você está presa pelo assassinato de Sebastien Plant.

— Isso é ridículo. Eu tenho um álibi. Todos me viram no hotel. — Ela acenou em direção a mamãe, tia Pearl e eu. — Eu estava com elas, lidando com o atendimento terrível, no momento do assassinato.

— Eu não me lembro de ter visto você — disse tia Pearl.

Fiz um movimento de corte no pescoço. Se havia uma coisa em que minha tia era excelente, era em desviar do assunto. E essa era a última coisa de que precisávamos no momento.

— Duvido que você se lembre de muita coisa, sua velha. — Tonya pendurou a bolsa no ombro e acenou para que Jack a seguisse.

Lembrei do comentário de tia Pearl, sobre Tonya ser mais velha do que parecia. Por que ela não parecia velha se perdera os poderes? Talvez demorasse algum tempo para que fizesse efeito.

— Você não tem o direito de falar comigo assim! — Tia Pearl levantou a varinha no ar e estava prestes a usá-la quando eu a impedi de receber outra acusação criminal.

Por sorte, Tonya a ignorou e virou-se para Jack. — Vamos embora.

Jack fez uma careta, mas seguiu Tonya.

— Esperem — disse o delegado Gates. — Vocês não podem ir embora até que eu os libere. Vocês dois têm muitas coisas a responder.

— Vá para o inferno — disse Tonya. — Você pode falar com o meu advogado. Eu estava no hotel o tempo inteiro, portanto, não pode me acusar do assassinato de Sebastien.

Ela certamente não era uma viúva triste.

— Aaah, mas não foi naquela hora que o assassinato aconteceu. Sebastien Plant morreu muito antes e você não tem um álibi para esse tempo. Esteve sozinha por uma hora, do momento em que Sebastien saiu para uma caminhada até encontrar Jack no quarto dele.

— Isso não é verdade. Não saí do meu quarto. Essas senhoras podem confirmar que eu estive no hotel o tempo inteiro. Não foi?

Ela me encarou e eu assenti. — Você não saiu com Sebastien para passear.

— Viu, delegado? Você nunca conseguiria solucionar um assassinato. É óbvio para todos que Pearl West matou meu marido com a bengala dela. Qualquer outra teoria é simplesmente ridícula. — Tonya digitou alguns números no celular. — Vou telefonar para o governador. Quero que você seja retirado imediatamente do caso.

— Ninguém vai me retirar do caso porque o caso está solucionado. — O olhar de Tyler encontrou o meu em um agradecimento silencioso quando ele pegou um par de algemas. — Você está presa pelo assassinato de Sebastien Plant.

Ele leu os direitos de Tonya, mas não a algemou de imediato.

— Direito de permanecer em silêncio coisa nenhuma. — Tonya o encarou friamente e virou de lado. Ela gritou no telefone, mas a pessoa que atendia aos telefonemas para o governador não transferira a chamada ainda. — Transfira para ele agora! Ou farei com que seja despedida.

Não era o comportamento de uma esposa em luto, pensei.

— Desligue essa coisa. — Tyler balançou as algemas em frente ao rosto dela. — A única pessoa para quem deveria estar telefonando agora é um advogado.

Tonya o encarou friamente, mas finalmente escutou. Ela ficou em silêncio e cruzou os braços, como se quisesse retardar as algemas inevitáveis.

— Você pode não ter dado o golpe, mas matou seu marido. Na maioria das vezes, é a esposa. E, desta vez, não foi diferente.

— Você é realmente um idiota. — Pela primeira vez, o rosto de Tonya mostrou um toque de medo.

— Sebastien sofreu um trauma de força bruta, mas não foi a bengala de Pearl que o causou. — Tyler Gates olhou para o rosto de todos. — O atacante está bem aqui.

— Obviamente, é Pearl — resmungou Tonya. — Ela foi burra o suficiente até para deixar a bengala para trás.

— Como ousa me chamar de burra? — Tia Pearl ergueu a bengala no ar e avançou na direção de Tonya.

— Lá vai ela de novo! — gritou Tonya. — Segurem-na!

Segurei minha tia por trás e puxei-a. Percebi que não conseguia me lembrar de um dia tê-la abraçado. Ela não era do tipo que gostava de ser tocada. Mas era como se eu a visse pela primeira vez. Minha tia era tão rabugenta que eu não percebera como realmente era pequena e frágil.

— Pearl não o matou — disse Tyler. — Ela não é forte suficiente para dar aquele golpe.

Olhei nervosa para mamãe. Pearl tinha força suficiente com os poderes sobrenaturais. Tonya também sabia disso. Ela estava desesperada o suficiente para revelar que éramos bruxas?

— Na verdade, ela consegue...

Interrompi Tonya antes que ela terminasse a frase. — Pearl obviamente não é páreo para um homem de cento e cinquenta quilos.

— Especialmente um com mais de um metro e oitenta de altura —

acrescentou Tyler. — Ela não conseguiria atingi-lo no topo da cabeça. E certamente não tem força suficiente para derrubá-lo.

Tia Pearl estreitou os olhos e fez uma careta para o delegado.

— Posso ir agora? — perguntou Tonya.

Tyler Gates ignorou as duas. — O que bateu na cabeça de Sebastien era muito mais pesado que a bengala de Pearl. O atacante também era forte o suficiente para deixar marcas não só na pele, como também rachaduras no crânio.

Nós todos nos viramos para Jack que, com um metro e oitenta, era muito mais alto que Tonya. Ele arregalou os olhos quando Alan saiu do caramanchão. Com pouco mais de um metro e noventa, ele parecia bastante intimidador ao lado de Jack. Alan sorriu, pronto para ajudar o delegado, se fosse preciso.

Na mão esquerda, Tyler Gates segurava as algemas. — Na verdade, sabemos exatamente o que o atacante usou. — Ele se abaixou e pegou uma chave de roda ao lado dos degraus do caramanchão. — Uma chave de roda, exatamente igual a esta. A extremidade da chave deixou uma marca distinta no crânio de Sebastien Plant. Uma marca que não combina com a bengala de Pearl. No entanto, combina exatamente com a chave de roda da Lamborghini de Jack.

— Você não tem como provar isso. — Jack claramente estava suando frio. — Poderia ter sido qualquer coisa.

O delegado Gates balançou a cabeça negativamente. — A marca na têmpora de Sebastien é muito clara. Consegui esta manhã um mandado para inspecionar seu carro. A chave de roda não estava lá.

Jack soltou um suspiro de alívio.

— Quer dizer, até que fosse recuperada da lata de lixo no seu quarto. O sangue que havia nela é de Sebastien.

— É mentira. A bengala de Pearl também estava coberta de sangue.

Tyler o dispensou com um aceno da mão. — Você roubou a bengala de Pearl e deixou-a no caramanchão para incriminá-la. A marca na têmpora de Sebastien elimina a bengala. Não só isso, mas o ângulo e a força necessários para deixar aquela marca só poderiam ser de alguém muito mais alto que Pearl. Na verdade, você é o único que estava no hotel na noite passada que tem a altura certa.

— Foi ele o cara que eu vi! — Tia Pearl colocou a mão sobre a boca.
— O cara com o capuz.

Tonya gritou: — Você matou o meu marido! — Ela saltou sobre
Jack e bateu no peito dele com os punhos.

O delegado olhou para Jack. — Você o seguiu até o caramanchão e
bateu na cabeça dele.

— De forma alguma, eu não estava lá.

— Você não tem um álibi. Além disso, temos uma testemunha
ocular.

— Quero um advogado — disse Jack. — Não tive nada a ver com
isso.

— Jack tinha tanto ciúmes de Sebastien. — Os gritos de Tonya
foram substituídos por uma calma mortal. — Jack insistia para que eu
o deixasse, mas recusei-me a fazer isso. E ele matou meu querido
marido.

— É mentira — disse Jack. — Você me disse que o queria fora de
sua vida. Que ele batia em você.

— Eu não disse nada disso. Você só está obcecado por mim. —
Tonya limpou uma lágrima fingida do rosto seco. — Seb e eu
tínhamos uma vida feliz. Que acabou muito cedo por causa de um
monstro.

— Isso não importa tanto assim, no fim das contas — disse Tyler.
— O trauma não foi o que o matou.

— Não? — Jack pareceu subitamente esperançoso.

Tyler balançou a cabeça negativamente. — Sebastien foi envenenado. O golpe de Jack só disfarçou a verdadeira causa da morte.

— Não, Jack o matou. Exijo que o prenda agora mesmo — gritou
Tonya.

Subitamente, notei quatro policiais de Shady Creek atravessando o
jardim. Eles esperaram a alguns metros de distância enquanto o delegado Gates falava. Provavelmente tinham sido chamados como
reforço.

— Sebastien Plant morreu de envenenamento com etil glicol. Na
verdade, ele já estava morto quando Jack o atingiu com a chave de
roda. Foi por isso que não houve muito sangramento — disse o dele-

gado Gates. — Foi por isso também que a chave de roda deixou uma marca tão distinta no crânio dele. A médica legista disse que, se ele ainda estivesse vivo com o sangue circulando, a marca não teria sido tão distinta.

Tia Pearl fez uma careta. — Aquela mulher tem um monte de truques na manga. Que bruxa.

Eu me encolhi ao ouvir a referência dela, mas ninguém mais pareceu prestar atenção.

O delegado Gates apontou para Tonya. — Você montou esse plano elaborado para incriminar Jack pelo assassinato. Foi por isso que deu entrada no hotel bem cedo e manteve Sebastien no quarto até que ele mal conseguisse andar. Sebastien não estava bêbado, ele estava envenenado. Você o persuadiu a tomar um ar fresco para acabar com o estado de bebedeira. Era preciso, pois não teria como carregar um homem de cento e cinquenta quilos.

— E por que ela o levou ao caramanchão? — perguntou Alan.

— Ele ficaria escondido das vistas. Isso deu a ela algum tempo, pois ele não seria descoberto cedo demais. Os efeitos do anticongelante podem ser revertidos, mas há apenas um tempo curto antes que seja tarde demais. Ela não podia deixá-lo no quarto sem explicar por que não pediu ajuda. Alegar que ele dera um passeio no jardim era perfeito. Ela tinha um álibi enquanto ele morria lentamente.

— Foi culpa minha. Ele estava muito deprimido e eu nunca devia tê-lo deixado sozinho. Nos últimos meses, ele andava com ideias suicidas. Mas eu não sabia que ele tinha bebido anticongelante.

— A maioria das pessoas não sabe que etil glicol é o nome químico do ingrediente principal no anticongelante, mas você parece muito familiar com ele.

— É porque sou uma pessoa inteligente, delegado. Só queria ter sido inteligente o suficiente para impedir que meu marido tirasse a própria vida.

— Tenho certeza de que você o ajudou — disse Tyler. — Alguém colocou o etileno glicol na bebida dele. Fizemos um exame no copo sobre a mesinha de cabeceira no seu quarto e encontramos traços do produto químico. Suas impressões digitais estavam no copo. Você deve ter colocado o veneno na bebida dele.

— Você tem uma bela imaginação, delegado. Mas não foi isso que aconteceu.

— Ninguém comete suicídio com anticongelante — retrucou o delegado Gates. — As pessoas tomam pílulas ou usam uma arma. Há outras coisas que encontramos que são inconsistentes com suicídio. Estranhamente, apesar de o copo de Sebastien ter as suas impressões digitais, não tinha as dele. Você segurou o copo contra os lábios de Sebastien enquanto ele mal estava consciente e forçou-o a beber. Pessoas suicidas não usam luvas para ocultar as impressões digitais. Elas não se importam com isso, pois não se importam com mais nada quando decidem se suicidar.

— O seu laboratório forense provavelmente é tão incompetente quanto você — disse Tonya. — Vocês não encontraram as digitais dele ou pegaram o copo errado.

A cada minuto, ela parecia mais desesperada.

— É o laboratório forense estadual. Este foi apenas um dos muitos casos dos quais cuidam e eles têm uma reputação muito boa. Mas passarei sua opinião ao laboratório e ao governador.

— Se ele foi mesmo envenenado, como poderia caminhar ou até mesmo se locomover até o caramanchão? — Tonya fingiu um soluço.

— É fácil. O efeito de envenenamento do anticongelante não é imediato. Os primeiros sinais ocorrem quando a pessoa tropeça nas palavras e perde a coordenação.

— Como um bêbado — disse mamãe.

— Exatamente — respondeu Tyler. — O veneno é aparente durante a autópsia. Ele forma cristais nos rins que permanecem intactos depois da morte. Foi essa a causa da morte dele. O trauma causado pela chave de roda de Jack foi grave, mas aconteceu depois. De qualquer forma, não era o suficiente para causar morte instantânea.

Jack franziu as sobrancelhas ao estudar Tonya. — Você mentiu para mim. Inventou todas aquelas mentiras sobre Sebastien. Você só me usou.

Tyler olhou para Jack. — Foi exatamente o que ela fez. Ela armou para você no assassinato de Sebastien.

Tia Pearl assentiu. Pela primeira vez, ela estava do lado do delegado. — Sempre suspeite do cônjuge.

Tonya fez uma careta quando o delegado Gates colocou as algemas em seus pulsos. Outro policial fez o mesmo com Jack e os dois foram levados para os carros de polícia para serem transportados para a prisão de Shady Creek.

Ficamos em silêncio ao observá-los.

— Fico feliz por ter terminado — disse mamãe.

— Terminou para você, mas só está começando para Tonya — disse Tyler. — Sebastien não foi o primeiro marido de Tonya, nem o primeiro a morrer sob circunstâncias suspeitas. O primeiro marido dela morreu subitamente aos trinta e oito anos. A família dele queria uma autópsia, mas, como parente mais próxima, Tonya recusou. Suspeito que exumarão o corpo dele.

A bruxa que tivera tudo, acabara de perder tudo.

CAPÍTULO 37

Eu estava completamente exausta depois do quase casamento, do assassinato de Plant e do julgamento no tribunal da WICCA em um único fim de semana. A julgar pela expressão dela, tia Pearl também estava.

— A Escola de Encantamento de Pearl está de férias a partir de agora — disse ela.

— Eu passei? — perguntei.

— Você mal começou — disse tia Pearl, sorrindo. — Mas, pelo pouco que fez, ainda não finalizei as notas.

Fiquei de boca aberta. Depois de tudo o que eu fizera, merecia uma nota dez. — Eu deveria passar automaticamente.

— Só estou brincando, Cen. Você será aprovada.

Relaxei, surpresa ao perceber como minha magia e a aprovação de tia Pearl subitamente significavam para mim. Senti uma nova afeição por minha tia pelo tanto que ela arriscara para salvar nossa cidade. Talvez tivéssemos mais em comum do que eu imaginara no começo.

Estávamos sentados em volta de uma mesa grande de piquenique no jardim de trás. Uma brisa quente mexia as folhas das árvores altas que ficavam no limite traseiro da propriedade. Os últimos hóspedes do fim de semana tinham partido algumas horas antes e aproveitamos o clima bom para fazer um churrasco improvisado.

Tínhamos comido frango assado na brasa, a salada de batatas da receita secreta de mamãe e milho fresco. Tia Pearl e eu estávamos sentadas à frente de Hazel e tia Amber, que tinham chegado a Westwick Corners a tempo de comemorar a captura de Tonya. Também convidamos o delegado Gates, que estava sentado à direita de tia Pearl.

Tyler ergueu o olhar subitamente quando Alan atravessou o gramado correndo em nossa direção. Apesar de estar de volta à forma humana, ele mantivera a energia canina, com um apetite que parecia maior do que nunca. Ele abriu um sorriso largo ao se aproximar da mesa. Sorri de volta, sentindo a alegria contagiosa dele ao se juntar a nós. Eu estava quase tão aliviada quanto ele.

Apesar de Alan ser um tanto divertido na forma de cachorro, eu tinha que admitir que ficara um pouco preocupada de ele nunca mais voltar ao normal. Eu sentira saudades dele. Era bom ter meu irmão de volta. Até mesmo Hazel parecia feliz por ele. Era especialmente bom ver que Hazel e tia Pearl eram novamente amigas.

— Espero que tenham deixado espaço para a sobremesa. — Mamãe saiu da porta de trás da cozinha com uma bandeja grande. Meu coração afundou quando vi o bolo de casamento. Eu me esquecera momentaneamente do casamento cancelado e do término do relacionamento com Brayden, mas o bolo trouxe aqueles sentimentos de volta. Subitamente, o dia pareceu repleto de culpa.

— Hora de comemorarmos.

Todos se viraram para olhar para mim quando mamãe colocou o bolo sobre a mesa.

— Mamãe, não. — Balancei a cabeça.

— Relaxe, Cen. É um bolo maravilhoso e não deixarei que seja desperdiçado. Olhe de novo para ele. — Mamãe acenou para o topo do bolo.

Meus ombros caíram quando me concentrei no bolo. Mas fiquei animada ao ver que, apesar de ser o bolo do meu casamento, a decoração era completamente diferente. Os noivos no topo do bolo tinham sido substituídos por uma miniatura do Westwick Corners Inn, completa com a família West inteira.

Mamãe, Pearl e Amber estavam no pórtico da frente, de braços dados. Alan, na forma humana, e eu estávamos na frente da casa, com vovó Vi flutuando poucos centímetros acima. Meu coração se aqueceu com a cena sentimental que mamãe recriara com tanto cuidado em cima do bolo.

Mas nem mesmo mamãe conseguia trabalhar tão depressa sem magia, que certamente usara. Acho que nós duas nos sentíamos mais confiantes em relação a nossos talentos. Senti uma onda de afeição pela minha mãe supertalentosa. Também senti uma gratidão imensa ao perceber que ela, sozinha, mantivera tudo funcionando no hotel enquanto tia Pearl e eu lutávamos contra um crime sobrenatural. — É lindo. Fico com pena de estragá-lo.

— Não seja boba, Cen. — Mamãe me entregou a faca. — Agora, faça um pedido.

Algumas ideias surgiram na minha mente. Mas, pela primeira vez, não achei nada que realmente quisesse.

Eu não mudaria nada em meu emprego sem futuro em um jornal que mal se sustentava. Nem sabia se queria ainda mudar Westwick Corners. Eu adorava minha família excêntrica do jeito como ela era, não importava o que os outros pensassem. Eu até mesmo amava a mim mesma. Pela primeira vez, tinha orgulho de ser uma bruxa. Nunca mais deixaria de dar importância ao que eu tinha.

Olhei em volta da mesa. Todos os olhos estavam virados para mim, esperando que eu cortasse o bolo. Meu olhar se prendeu ao olhar sensual de Tyler Gates.

Meu coração deu um salto.

Fechei os olhos e respirei fundo.

Talvez eu tivesse um desejo, no fim das contas.

* * *

GOSTOU de *Que Bruxaria é Essa?* Então, leia o próximo livro da série

Bruxas aos Farrapos

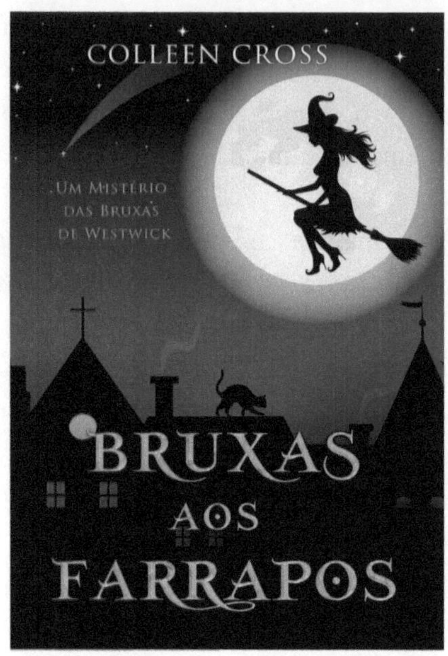

Increva-se também em http://eepurl.com/c0jHW1 para receber a minha newsletter semestral com as últimas novidades sobre meus livros.

colleencross.com

NOTA DA AUTORA

Se você gostou de *Que Bruxaria é Essa?*, deixe uma avaliação breve ou recomende-o a um amigo. O boca a boca é o melhor amigo dos autores!

Que Bruxaria é Essa? é o primeiro livro da série Mistérios das Bruxas de Westwick e tenho muitos outros livros planejados para esta série de mistério paranormal. Enquanto leitores como você gostarem de minhas histórias, continuarei a escrevê-las.

Se você gostou de *Que Bruxaria é Essa?* e quer ser o primeiro a saber sobre novos lançamentos e ofertas exclusivas para assinantes, assine meu boletim informativo. Os e-mails são enviados 3 a 4 vezes por ano, somente com novos lançamentos. Registre-se em http:// eepurl.com/c0jHW1

www.colleencross.com

Também tenho várias outras séries de mistério e suspense das quais você talvez goste. Obtenha meus outros livros aqui.

Obrigada por ler meu livro!

Colleen Cross

OUTRAS OBRAS DE COLLEEN CROSS

<u>Boletim informativo de novos lançamentos</u>
  http://eepurl.com/c0jHW1

<u>*Série de Aventuras de Suspense e Mistério com a Investigadora Katerina Carter*</u>
  Teoria dos Jogos
  Fórmula Mortal
  Greenwashing : A Farsa Verde
  A Farsa Vermelha - uma curta história

<u>*Série Mistérios das Bruxas de Westwick*</u>
  Que Bruxaria é Essa?
  Bruxas aos Farrapos
  Bruxas e Famosas
  Bruxarias de Natal

Não ficção
  Anatomy of a Ponzi Scheme